文芸社セレクション

キャンサーイート

〜癌が喰う〜

白瀬 隆

SHIRASE Ryu

文芸社

目次

この物語はフィクションであり、実在の人物・団体とは一切関係ありません。

1　プロローグ

時は二〇一〇年、今から十年前だ。世間はバンクーバーオリンピックに出場した浅田真央の話題で大盛り上がりだ。そんな時代の話になる。もちろんこの頃には働き方改革などはなく、大学病院の職員は多忙を極めており、皆慢性的な睡眠不足だった。

地方都市にある大学病院で、耳鼻科の手術が行われる直前のことだ。執刀医の北里純は、白髪をジェルで固めたオールバックの上にオペ帽を被り、手洗い場に向かってオペ室の廊下を歩いていた。すれ違う若手外科医の多くは長身で目立つ北里を見つけると、笑顔で挨拶をした。そして向かい側から麻酔科医の倉木真弓は手を振りながら北里のところへやってきた。

「北里先生、お疲れ様です」

「よぉ、真弓。今日も独身をこじらせてるか？」

いつものことだけど許せない。三十過ぎたらもう笑えません！　先生だって准教授になってもお酒飲んでばっかりで誰も結婚してくれないじゃないですか！

「私行きますよ！」

「まあ待てよ。いつかお前を拾ってくれる徳の高い僧が現れるかもしれないじゃないか。

そう怒るな」

　僧！　修行を積まないと私なんてもらってくれないって言いたいんですか？　私だって、そう美人じゃないですけど、もっと綺麗にお化粧とかしたら変わるかもしれないじゃないですか！　今はお仕事メイクなんですよ！

「確かにお前の独身は難治性疾患（治療が非常に難しく病状も長く続いて日常生活の負担が大きい病気のこと）だ」

「先生！」

　おっと、怒ったか。相変わらず子供みたいな顔をして怒るやつだ。そろそろ俺と遊んでないで、本当に恋人でも作れよ。さすがに心配になってきた。

「いい加減にしてください！」

「おう、悪かったな」

　反省の色がまったくない謝り方だなあ。こらしめる方法は無いんだろうか。

「真弓、お前はどこのオペに入るんだ？」

「歯科です。上顎洞癌ですから、先生のところと一緒ですね」

　上顎洞癌。術後の顔の見た目が悲惨なことになる残酷な癌。

　上顎洞とは鼻腔の外側やや下方に位置する骨の中の空洞で、この上顎洞に発生した悪性腫瘍を上顎洞癌という。症状としては、鼻づまりや鼻血、膿のような鼻水が出たりするが、頬を押さえると鈍痛がする程度しか症状が出ないものもある。さらに進行すると上顎洞癌自体が大きくなって、顔が腫れたり、癌が大きくなることで眼球を圧迫して視力が落ちたり物が二重に見えたりしてくる。上顎洞は顔の表面からの距離も短く、眼球等も近くにあるため、手術となると眼球摘出を伴う切除を行う場合もあり、顔面形態が著しく損なわれる事が多い。

「俺にはスピードも出血量の少なさも及ばないだろ？」

「答えづらいことを聞かないでくださいよ」

「それじゃあ頑張れよ」

和やかな雰囲気になり二人が別れようとすると、北里と倉木の間を一人の若い外科医が肩で風を切って割って入るように通り抜けた。オペ帽からは長い襟足が肩まで伸びている。

「ずいぶん髪が長い外科医だな。生意気そうな目をしてる。どこの兄ちゃんだ？」

「歯科のドクターです」

「本当にあそこは調子に乗ってるな。耳鼻科の患者をたまにくすねるんだ」

くすねるとは盗むという意味合いを持つ言葉だが、耳鼻科と歯科口腔外科ではいずれの科も顎顔面外科領域の癌の手術を行う。すなわち耳鼻科と口腔外科で顎顔面外科領域の癌患者の手術の取り合いになり、挙句横取りされる場面もあるということだ。これは症例数が多いほど科としてのデータを多く集められ、学会発表や論文執筆において有利になることによる。

舐めた態度の歯医者の兄ちゃん、お前さんも躾がなってないようだな。

「それじゃあ私、オペに入ってきます」

「ああ。俺も手洗いを済ませてオペに入る」

ずいぶん荒んだ目をした兄ちゃんだ。そして影がある。飲み屋で顔合わしたら挨拶しろよ。嫌になるほど酒飲ませてやるから覚悟しとけ。

2　北里純

院長室の窓から海が見えるクリニック。そんなものに憧れはなかった。だが、十年ほど前にこのクリニックを建てた。俺が大学病院の耳鼻咽喉科でメスを握っていた過去を忘れるためには、そんな場所が必要だと思ったからだ。自分でもありふれた、間抜けな行動だったと思う。傷跡のような過去なんてそうそう消えるものではないからだ。窓から入ってくる三月の優しい潮風は心地良いが、世界が与えてくれたひとときの慰めのように感じられる。しかしその慰めに癒されないのは、あいつのギターが入ったケースを部屋の隅に置いているせいだろう。歳がずいぶん離れた友達。いや、十年前からあいつの年齢は変わっていないのだから、歳がどんどん離れていってしまう悲しい友達のギターか。圭吾、十年前のお前がジミ・ヘンドリックスを狂熱しながら弾いていたギターを、お前が死んでから俺は一度も見られないままでいる。できればこのギターがケースの中で朽ち果てて死んでいてほしいと思ってる。二弦が切れたままの姿でケースの中で眠っていたら、お前が現れて、セッションしようと誘ってくれるんじゃないかと、能天気なことを思ってしまうからだ。それじゃあ何でこのギターを部屋に置いているんだとお前は言うかもしれない。答えは簡単だ。相棒なんて呼んだギタリストはお前だけだからだよ。

俺が大学病院にいた頃、北里純という俺の名前は大学内でもそれなりに売れていたんだ。「暴れん坊将軍」、「はぐれ耳鼻科医人情派」そして「オペの鬼」なんて呼ばれてた。最後の一つ以外で俺を呼ぶ人間は首を絞めて回ったが、オペの鬼っていうのは悪くなかった。実際、当時の耳鼻科のオペはほとんど俺が執刀医を務めた。ただの万年准教授で、教授になれる目のないジジイだと自称していたが、悪くない大学での愛されようだったんじゃないだろうか。おかしなあだ名で呼ぶ連中はみんな若手で、潰れるまで酒を奢ってやった奴らだ。俺は、理想の俺だった。

ただ、どうしても打ち解けられない科もあった。例えば歯科・口腔外科だ。連中は歯医者の癖に顎顔面外科学講座と名乗っていた。顎顔面領域は俺たちの守備範囲だ。当然患者の取り合いになる。どこの誰を知っているという訳でもなかったが、あまり良い印象は持っていなかった。

圭吾のギターをここに置いている以上、過去を忘れるなんてできないことは分かっている。俺が最後にオペをした患者が神谷圭吾。俺が圭吾の上顎洞癌を切った。けれど圭吾は死んだ、俺は圭吾を救えなかった。過去を断ち切りたくはない、圭吾を忘れ去ってしまいたくはないという気持ちもある。そんな葛藤の中にもう十年いるんだ。そろそろ思い出と楽しく暮らせるようになれば嬉しい。だが、なかなか難しいな。

3　倉木真弓

私がいる公立病院の手術室は大学病院と少し空気が違う。心電図モニターが刻む一定のリズムの電子音は変わらないけれど、大学ほど重症の患者を扱わない点でいくらか穏やかな空気が流れている。女医の私にとってこのような病院の麻酔科はとても働きやすい。また三月がきた。私は大学病院にいた頃の手術室をぼんやりと思った。緑色の床に薄いクリーム色の壁をした手術室。心電図モニターの規則的な電子音は変わらず私たち麻酔科医にとって子守唄だったけれど、耳鼻科の手術だけは迷惑な目覚まし時計がいた。北里先生だ。「よぉ真弓、ときどき結婚してるか?」だの「そろそろ見合いの写真を新聞紙に挟んで配ってやろうか?」だの、呆れることばかり言う。麻酔科医に話しかける外科医が普通いるだろうか。しかも全部ハラスメントだ。

三月。圭吾が死んだ月。あれから十年が経つ。十年前、私はギターを持った圭吾の隣で歌った。

私の体は楽器だと思っている。自分の声域内であれば、体中で音を響かせることができる。身長は低く華奢なので、そんな体のどこからそれだけ声が出るのかと人前で歌うたびに言われる。これは全部練習で得たものだ。私の声は太い訳でもしゃがれている訳でもない。だけど人間は練習だけで、声を楽器にできる。誰よりも美しく歌うために、私は青春を捧げた。だけど初めて圭吾の隣で歌った時、私は音楽からもらったすべての自信を打ち壊された。圭吾はギターをファズフェイスという古い機材とマーシャルのアンプに繋いだだけで、自分にしか出せない色をギターで表現する。その時気付いた。私の声には私の色がない。私はテクニックしか持っていない。打ちのめされた。音楽でこんな思いをするなんて思わなかった。

私が青春を音楽に捧げたのは大好きな父のためだ。父はビートルズとジャズをこよなく愛する人だった。幼い私がビートルズの曲を覚えて出鱈目の歌詞で口ずさんでいると、父が後ろから抱き上げる。そんなことを繰り返していた。溺愛されていたのだろう。私はもっと上手に歌えば父がもっと喜ぶだろうと思い、歌の練習を始めた。そして小学校からコーラス部に入り、大学卒業まで続けた。

そんな父の話が過ぎ去ったことのようにしか表現できないのは、もう二度と会えない人だからだ。父は医学部の教授だった。それも私がいた大学の。私はたまに父の講義を受けるという複雑な学生時代を過ごした。複雑ながらに父の格好良い姿をみんなに見てもらえることは誇らしかったけれど。ただ、その複雑な師弟関係は二年で終わった。大学二年生の時に父が膵癌で亡くなったのだ。

膵癌は進行してから見つかることが多い。父もそうだった。私は父の最期を、父が働く大学病院で看取った。ベッド上の父が息を引き取るとき、私は嗚咽しながらパパと何度も叫んだ。そしてその隣でも、「倉木！」と父の名を呼びながら一人の男が泣き叫んでいた。父の親友である北里先生だ。大学時代に浴びるほど酒を飲んだ仲らしい。父が息を引き取り、私が泣いていると「今日から俺がお前の親父だ！　何かあったら、何もなくてもいつでも来い！」と肩を抱かれた。それ以来、複雑な親子関係が出来上がった。

北里先生は過保護な人だった。私がコーラス部と兼部していた軽音楽部の顧問の座を、別の科の教授から奪い取った。学生の間で暴れん坊将軍と呼ばれるようになったきっかけだ。そして私がやりたいジャズの曲があると、ドラマーとして必ずバンドに参加してくれるようになった。おかげで北里先生に人情派の名前がついた。北里先生がいたから大学生活を乗り切れたし、医者になれたんだと思う。

医者になっても北里先生の過保護は変わらなかった。研修医だった私は、父のような患者さんを救いたかったので消化器外科に進むつもりだった。入局の話をしようと教授室に行くと、なぜか北里先生がいた。そこでは「お前は人が死ぬ科には行くな。これ以上悲しむ必要はない」と言われ、入局を阻まれた。苦笑いする教授が私に、せめて麻酔科はどうかと勧め、今に至っている。

確かに人が死ぬのは辛いから、北里先生は正しかったのかもしれない。今も圭吾の死に対して気持ちの整理はついていない。

圭吾は私に、ポールリードスミスのギターを託した。ギターなんて弾けなかった私に残した思い出だ。私は毎晩そのギターを抱え、練習している。木目の美しいギターで、圭吾が残した私の恋人だ。圭吾に伝えたい。なんとかやっていますと。

十年前と比べて記憶は鮮明になっている気がする。勝手に記憶の欠落した部分を装飾しているんだろう。おかげで悲しみが消えない。

4　神谷圭吾

話は再び十年前に戻る。

「神谷！　寝るな！」

うるさいオッサンだな。歯科の准教授ならマナーを覚えろよ。手術中くらいしか寝る暇なんてないんだ。歯医者のオペが騒がしいって麻酔科医が笑うぜ、堀下。俺が筋鉤引いてるおかげで術野が見えてるんだ。ガタガタ吐かすな、クソッタレ。

筋鉤とは手術で執刀医が術野を見えるようにするために助手が引っ張るフック状の器具だ。十五年前の十一月のある日、手術室では歯科・口腔外科が舌癌の手術をしていた。執刀医は准教授の堀下浩二、助手は堀下が子飼いにしている医局員と歯科の大学院生である神谷圭吾だ。圭吾が視野を確保し、堀下は舌に貫通させた糸を引き、舌をできる限り口の外に引っ張りながら癌を電気メスで切除していた。

腹が減ったな。電気メスで焼ける人間の匂いには吐き気を催したものだったが、今じゃ焼肉の匂いにしか思えない。午後四時か。何時間食べてないんだ？　慣れたとはいえ、耐えるにも限界がある。早くしろよ。徹夜明けなんだ。

圭吾はふらつき始め、筋鉤の先が揺れ始めた。堀下がそれに気づき、圭吾に目をやると圭吾は立ったまま寝ていた。堀下は一度脛に蹴りを入れ、睨みつけた。圭吾は寝ぼけ眼だ。

「お前、俺のオペでこれだけ寝るとはいい度胸だ！　舐めてんのか！」

もう一人の助手は圭吾に問いかけた。

「昨日は当直じゃなかっただろう？　何してたんだ？」

圭吾はマスクの下で口の端を歪めた。

「新しいダッチワイフを買ったんですよ。五十万くらいしたんですけどね。聞き分けがいいヤツだったんで、つい」

オペ室に失笑の声が響き、堀下は慌てた。

「麻酔科の先生たちの前で何てことを言うんだ！　黙って筋鉤引いておけ！」

もう一度堀下は圭吾の脛に蹴りを入れた。圭吾が表情だけ反省したところで、女医の声が聞こえた。

「本当、あの先生嫌い」

堀下は気まずそうにオペを再開した。

嫌い？　ガキみたいな物の言い方だな。女医ってことは三十そこそこだろ？　大人の女らしく振る舞えよ、気持ち悪い。好かれたら何かいいことあるのか？　そもそも俺が昨日ハマったのはポールリードスミスのギターだ。クリーントーンに魅せられて、気がついたら朝だった。風情がある表現じゃないか。

圭吾はまた、口の端を歪めた。

5　大学時代

何で俺がこんなロクでもない科に所属しているか、理由は簡単だ。故郷だからだ。しかし帰ってきたのが間違いだった。

貧乏話なんて腐るほどあるだろうからくだらないが、俺も学生時代はかなり貧しかった。県外の大学だったので一人暮らしだったが、仕送り無しで奨学金も借りられなかった。あり得ないことのように思うかもしれないが、あり得る。年収の高い親父が愛人とありったけの金で大恋愛をして、母親がアル中になればあっという間にそんなことが起こる。恋は盲目というのは正しいらしい。息子が飢えていることにすら気付かない。大学に行っていたことすら知らないんじゃないだろうか。

そんな哀れな大学生はバイトで生きるしかない。せっかく引っかかって受かった国立大学の歯学部だ。簡単に諦めたら一生後悔する。そう思いながら仕事を探した。時給の良い仕事。条件はそれだけだ。結局、夜は道路の清掃の作業員を、土日は産業廃棄物処理の作業員をして過ごした。最近の大学は出席していないと単位がもらえないため、仕事が終わると作業服を脱ぎ、大学へ向かった。向かうだけで、たどり着くとただひたすら眠る。ただ、試験が迫るとバイトを少し減らして対策をするが、食べ物が粗末になるか量が減る。ただ、そのわずかな空き時間に続けていたことがある。

貧乏学生だって欲しいものくらいあるし、それが多少高くても自分で稼いだ金なら買ってもバチは当たらないはずだ。俺にとってそれはまずギターだった。フェンダーUSAストラトキャスター。ジミ・ヘンドリックスが使用していたギターがフェンダーのストラトだ。少しずつ貯めていった金で、中古のストラトを買った。もともと持っていた、一万円のゴミギターをやっと手放すことができた。俺が大学時代に買った数少ない高級品だ。もっとも同級生が持っているLとVが並んでいるバッグの方が高いのかもしれない。だが俺にそれ以上の高級品は必要なかった。

それから作業服を脱いで私服に着替えるまでの間、ずっとこいつを抱いていた。途中でマーシャルの小型アンプやファズフェイスなどのジミ・ヘンドリックスが使っていたエフェクター、音色を変える機材を買い、彼に近づいた自分に酔った。まともな服は、なけなしのバイト代で買った牛革のライダースジャケットと8ホールのブーツだけだ。だから秋から春にかけて以外の俺は見窄らしいことこの上なかったし、革ジャンの季節になってもそんな服を着ている人間なんて、同級生は指をさして笑ってたんじゃないだろうか？疑問符が付くのは、友達なんていなかったからだ。金持ちの同級生に相手にされなかったから、ひたすらストラトを抱いてた。モテない男にはマスターベーションしか許されていなかったってことだ。

卒業式は出ないつもりだったが、親父と愛人が見届けてくれることになった。前日の晩飯はとても豪華だった。俺が普段食べているのは一食五百円のニラ玉定食ご飯大盛りだったが、その日も中華だったことに親父の配慮を感じる。エビチリがテーブルに並んだ時、痩せこけた母親の顔を思った。

「ご紹介のつもりなのは俺も大人だから理解してやる！　だけどな！　女に飯を食わすのはお袋にうまいもん食わせてからにしろ！」

エビチリを親父にぶっかけてやった。本当は殺したかったが、せっかく歯医者になるんだ。この程度が精一杯だ。

卒業式の朝、クローゼットの中のスーツを取り出してはみた。親父のスーツだ。ハサミを取り出し、引き裂いてやった。ジョルジオ・アルマーニのロゴを見て泣けてきた。このスーツで何回の飯が食えたんだ。俺の日当の何日分になる。大学に入って泣いたことはなかったが、この日だけは嗚咽しながら涙を流した。

そして部屋を引き払い、俺は故郷へ帰った。酔い潰れた母親を病院に連れて行き、入院の手続きをした。親父は結局女と蒸発したが、これから金持ちになるんだし、親父に未練はなかった。母親の治療が成功したら、クソ田舎だがこの街で一番うまい中華を食わせてやる。青臭いがそんなことを思い、俺の大学生活は終わった。

6　研修開始

この街で研修医になるための面接では、母校の教授に推薦状を書いてもらう必要があった。教授に頼みに行くと、おどけた口調で警告された。

「ここの教室は大変だよ。頑張ってね。いや、気をつけてね」

研修を始めて分かった。准教授の堀下というパワハラ野郎は有名人だったらしい。

過酷な研修だった。大学病院の医局というところは、言葉は悪いがカーストのようになっている。一番偉いのが、教授。次に偉いのが、准教授。以下、講師、助教、医員と続く。医員ともなるとただのヒラだ。臨床研修をする際には、大抵講師や助教あたりが指導医と言って、研修医に対して指導医が診断や治療の指導を行い、外科である口腔外科であればさらに研修医がその結果について直接の責任を負ってくれる立場となる。一般的な指導医は検査から診断、治療に至るまで実況解説付きとでも言わんばかりだったり、一問一答形式だったり、とにかく一連の流れを指導してくれる。ところが驚いた。ここはなんて言ったって指導医がいない。

正確には書類上の指導医は登録されているが、普段はまったく入院患者を診にこない。新卒の俺にできることなんて歯石を取る程度のことだけなのに、俺は研修医になったその日から、化学放射線療法中の癌患者を管理し始めた。化学療法と呼ばれる抗がん剤治療と放射線を癌があった部分に照射する治療を組み合わせた治療で、薬で全身の癌細胞を殺すと同時に放射線で癌があった部分周囲の癌細胞を焼き殺す治療だ。いずれも正常細胞にもダメージを与えるため副作用が深刻なだけに、管理は繊細なものになる。放射線照射が口にも当たっていたり抗がん剤自体の副作用でひどい口内炎となり口の中全体がただれたりすることで、口に水を含むことさえ激痛を伴うので口から食べ物なんて食べられる状態ではない。そのため、鼻から胃へとつながるマーゲンチューブと呼ばれる管で栄養剤を注入して食事の代わりにしたりすることは当たり前で、免疫が弱るため頻繁に肺炎を起こす。そもそも入院患者の管理なんて習ってもいない歯科医師に、そんな患者の管理が可能だろうか？

口腔外科と名が付いているが、歯医者は医者じゃない。全身管理のことも知らないし、血液検査の読み方さえ怪しいところからスタートする。胸部のX線写真なんてまともに読めない。そんな俺が癌患者を診るんだ。出だしから人を殺している気分だった。だから患者を配当されてからバカみたいに勉強した。人を殺さないためには勉強しなければならないという思いからだ。医学書を買い漁り、医師が勉強していくことを一つ一つ学んでいった。

そして手術に入るといきなり筋鉤を引かされた。そんなものに触ったこともなければ、引っ掛ける場所も知らない。たじろいでいると飛んでくる堀下の怒声から筋鉤の使い方を学んだ。そして他のドクターのオペがある日はいつも、解剖学の教科書、アトラス、辞典の三冊の本と、骨の模型をオペ室に持ち込み見学した。確かに大変な教室だ。

助手と言えど、手術でいきなり何かできる卒後一年目の歯科医師は皆無のはずだ。手術の手順までは習わないし、国家試験にも出ないからだ。俺は医局に置いてある書籍を読み漁った挙句、一冊の本に出合った。『口腔外科手術学』という本で、口腔外科領域の術式がすべて載っていた。もちろん持ち帰った。そして頭の中にすべて叩き込み、手術に臨んだ。

堀下のオッサンはしばらく機嫌が良かった。「お前、うちに残れ。見どころがある」なんて言っていた。だがそれも、しばらくだった。褒められている俺のことが癇に障ったのだろう。俺は自分の指導医に嵌められた。

俺が医局の書籍を読み漁っていたことを指導医は知っていた。そしてメキメキと力をつけていく俺に、すぐに抜かれることが分かっていたのだろう。その日の出来事を報告する他はほとんど無視される状態になっていた。

俺が時折その本を持ち帰っていたことを指導医は知っているようだった。そしてその本が持出禁止の重要図書であることも知っていたのだろう。その本を指導医は盗み、俺を犯人に仕立て上げた。当然堀下のオッサンは激怒した。

「お前！　あの本をどこにやった！　あれは貴重な本で、もう手に入らないんだぞ！　盗むとは何事だ！」

ここまではいつもの怒声だ。だが、この後の一言を聞いて以降、俺の生活が変わった。

「神谷！　お前は明日から医局のためだけに働け！」

俺の地獄のような日々の始まりだ。

7　研修の日々

もともと俺は夜の九時くらいまでは仕事をしていた。指導医と名のつくドクターに患者の経過を報告して帰る。それが日常だった。しかし堀下に謝った日から、日常が変わった。報告を終えると堀下が俺を呼ぶ。そして怒声か罵声かよく分からないが、とにかく荒々しい口調で俺に指示した。

「神谷！　仕事だ！　カルテのデータをエクセルで整理してこい！」

ほぼ毎日だ。どこから持ってきたのか、紙のカルテが俺の机に積んである。この病院は電子カルテだ。電子カルテが導入される前のものというと、どれだけ古いカルテなのか。とにかく一日百冊、俺はカルテのデータを電子化する事務作業をすることになった。これは肉体的な負担になったが、精神的な負担になる雑務もあった。

「生存確認をしろ！　過去にうちでオペした患者がまだ生きているか、電話で確認しろ！」

　電話で生きているか確認する。家族に患者が生きているか聞けというのはわかる。だが死んでいたらどうするんだ？　ご愁傷様ですとでも答えるのか？

「ここにリストがある。全員終わらなかったらお前の研修もここで終わりだ」

「何て聞くんですか？」

「お前は『はい！』以外に何も言わなくていい！」

　ショッカーと変わらないのが研修医時代の俺だ。何度もライダーが来てくれることを願った。当時は殺して欲しいと思ったが、三年経った今はそこまでしなくていいと思うようになった。せめてオッサンの愛車、フェアレディZに蹴りを入れて欲しい。その程度の願いしか持てないほど、俺は絶望していく日々を過ごした。

　そんな中で患者を診ていた。うちの科の患者はすべて口腔癌の治療を受けている。口腔癌の手術は顔貌が著しく損なわれるし、化学放射線療法では口の中が焼けただれたような口内炎ができる。化学放射線療法とは一般的に抗がん剤と呼ばれている化学療法と放射線照射を組み合わせて、癌の縮小・改善を図る治療のことだ。特に口腔癌では抗がん剤の副作用と口の周りに放射線が照射されることで、副作用が口の中にまで及ぶ。患者は俺より深く絶望している。この人たちの支えが俺だけである以上、手を抜く気にはなれなかった。勉強と診療、雑務を睡眠時間より優先させ、日々を過ごした。

8 肺炎患者

　こんな俺の研修医生活だったが、九月頃には板についた気になっていた。だがあくまで「気になっていた」だけで何も分かっていなかった。その頃に一人、微熱が続いている担当患者がいた。軽度の誤嚥性肺炎を疑い胸部X線写真を撮影したが、肺炎には見えなかった。指導医に相談しても熱の原因は他だろうと言われただけだ。それから他の検査をしても感染源は見つからず、俺は数日に一度撮影したX線写真を睨んではため息をついていた。そんな時、いつものように病棟のナースステーションで電子カルテを睨んでいると、聞き慣れない声で呼びかけられた。

「神谷先生ですか？」

　振り返ると見知らぬ若手の医師が立っていた。俺の怪訝な表情に気付いたのだろう。その医師は一度笑顔を見せた。

「放射線科から来ました。先生はお若いようですけれど、研修医ですか？」

「はい。神谷と申します。歯科で研修を受けています」

　医師というのは研修医に対して親切だ。このドクターもそのようで、優しげな表情になった。

「何度もX線写真のオーダーを出されていたようですので気になって拝見しました。肺炎が疑わしかったので、こちらでCTを撮影させて頂いたので来た次第です」

放射線科は画像検査の専門家だ。また、CTというのはコンピューター断層撮影と言われ、撮影した患者の断層像を得ることができる。身体の内部の輪切りや縦切りの画像が見えるということだ。つまりCT画像から得られる病変の情報は多くなる。

「ご覧ください。CTだとこのように肺炎の所見が見られます。肺炎は専門家じゃないと胸部X線写真だと見つけるのは難しい場合もあります。このようなとき、CTだとよく分かるというケースはよくあります」

わざわざ教えに来てくれたってわけでもなかっただろう。見ていられなかっただけだと思う。

「私たちも治療を完遂してほしいですからね。つい来てしまいました」

そう言って彼は去っていった。後ろ姿を見て思った。ここにいて医者の真似事をしていても得られるものはない。また患者を診ることさえしないモラルの低さや、トラブルに対応できない能力の低さで人の命を預かることは殺人だ。こんなことをしていてはいけない。

9　進路

歯科医師の初期研修期間は一年と定められている。研修終了後に大学に残らないと伝えるなら早い方がいい。引き継ぎはできるし、気兼ねなく次の職場を探せる。何より鬱陶しいあの男に対して、俺ができる唯一の反抗だ。だが、俺の反抗はあまりに細やかで、堀下には届かなかった。権威っていうものはとても厄介だ。

俺は放射線科医と話した夜に、堀下の部屋のドアをノックした。ノックに対して堀下は丁寧に返事をする。教授がノックする可能性があるからだ。しかし教授以外の人間が入るとどうなるかは、俺への言動を聞けば分かるはずだ。

「なんだ！　神谷！　人の部屋に偉そうに入ってきて！」

教授以外は入室禁止なのだろう。権威っていうものは偉大だ。

「堀下先生、進路の話をしにきました。研修の後は大学を離れて、開業医で働こうと思います」

「あぁ!?」

立ち上がった堀下は俺の胸ぐらを掴んだ。大学の職員がやることじゃない。

「お前は医局のために働くんだ！　だから次は大学院だ！　授業料を納めろ！　多少の教育はしてやるから、願書を用意しておけ！」

多少の教育？　ふざけんな！　研修中に何の教育をしたんだよ！

「もし大学院に入らないなら、この街で歯医者はできない。大学を敵に回した馬鹿なんぞ誰も雇わないからな！」

こいつの笑顔を見たのはこれが初めてだ。今日来た放射線科医みたいに優しく笑えよ。

ただ一つ、気になることがある。

「俺なんかを医局に残しても何の得にもならないでしょう？　何で引き止めるんですか？」

答えは俺を落胆させるものではなく、絶望させるものだった。

「最近は医局員が減ったからな。雑務が溜まってるんだ。小間使い専用の人間がいると便利だからな。お前がいると助かるんだよ」

今度は高笑いだ。医局員がいない理由は明白だろう。お前が早く辞めろよ。そうは思えど、うなだれるしかなかった。だがただ引き下がるだけでは、俺の未来が握りつぶされる。

「せめて指導医だけは選ばせてください！」

「俺が指導医だ。准教授が指導医なんて光栄な話だろ？　他に誰がいるんだ」

他に挙げるなら一人しかいない。堀下と対立する派閥のボス、澄江先生だ。

「澄江先生に指導してほしいです」

予想通り堀下は顔色を変えたが、蹴りが飛んできたのは予想外だった。仮にも医療従事者だ。

「喧嘩売ってんだな？　買ってやるよ。研修医修了証は俺の機嫌一つで、もらえるものももらえなくなるって分かってるよな？　クソガキ！」

何も言えなかったが、澄江先生は人格者だ。学位の一つくらいは取れるだろう。そう信じたかった。

部屋を出た俺は白衣を脱ぎ、自分の机に叩きつけた。引き出しを開け、ラッキーストライクの箱を取り出して中を数えると残りは二本だった。すぐに灰になって終わるだろうが、大学病院の広い敷地にある裏門まで出て気分を変えることにした。いつもタバコを吸う場所は裏門だ。その夜は空が曇っていて、煙と雲の色が同じに見えた。いくらか紫がかった夜だった。そういえば春には、母親にうまい中華を食わせてやると思ったはずだ。今の願いは、とにかく眠りたいということだけだ。それも何の心配事もなく、ただ静かに。

10 大学院

こんなふうに、俺は大学院生になってしまった。大学院生の仕事は研究で、患者の治療や手術に携わる義務はない。だが、俺はオペ室で眠り、入院患者に頭を抱える日々を送っている。結局、一悶着の末に堀下が指導医になったからだ。やはり人使いが荒い。今は研修医の頃に抱えていた雑務に加えて、他人の実験までサポートしている。いや、サポートしているというと人聞きが良すぎる。医局員全員の実験を俺がやっている。授業料を払いながら。

いつも通り実験室で、切り取った癌の細胞を顕微鏡で観察していたが、いい加減もう嫌気がさした。きっと久しぶりにこれまでの日々を思い出したからだ。曇った人生だ。だが今夜はまだ続く。そろそろ堀下が来る頃だ。

「神谷！　今夜が俺の当直だって知ってるよな!?　俺のPHS、持っておけよ！」PHSとは今時の若者は知らないかもしれないが、携帯電話みたいなもんだ。携帯しながら通話ができる通信機器だが、スマホみたいにスタイリッシュで便利ではない。病院内には院内PHSというのが一般的にあって、医師や職員などがそれぞれ携帯している。PHSが鳴る時とは、「患者が急変したから来てほしい」「患者が痛みを訴えているので薬を出して欲しい」など、病棟などから昼夜構わず二十四時間かかってくる可能性のある電話だ。堀下が俺にPHSを持たせるということは、当直日の夜間に鳴るPHSに、俺が全て対応する。つまり堀下は家でぐっすり朝まで寝られるというわけだ。

やっと来たか。あんた、そんなにドアを乱暴に開けたら部屋が壊れるぜ？　壊すのは人の人生だけにしておけよ。今夜もあんたの当直を代わりにやるんだな。一晩中、実験をやるってことか。少しでもいい。ストラトを抱かせてくれよ。

フェアレディZ。高い車なんだろう。俺には中古のストラトがあればそれでいい。だがな、弾けないギターなんて持ってても意味がないんだよ。俺が尊敬しているのはあんたじゃない。ジミ・ヘンドリックスだ！

こんなことはいつものことだが、今日は心底頭に来た。過去なんて思い出すべきじゃなかったのかもしれない。だがもうやってられない。ふざけんな。俺は実験室を片付けることなく、自分の机に白衣を丸めて投げつけた。丸めた白衣の中にはPHSが入っている。

対応しなくてもあいつが処分されるだけだ。もう帰る。

俺はブーツとライダースジャケットをロッカーから引っ張り出し、ロッカーに隠しているタバコのカートンの中からラッキーストライクを二箱取り出した。今夜は音楽に没頭する。やけ酒みたいなもんだ。

11　身なり

大学病院を出ると秋風が吹いていた。やっとこの身なりができる季節がきた。ドクターマーチンのブーツとショットのダブルライダースジャケット。俺もギター弾きだ。それらしい格好がしたかった。買ったのは二十歳の時だから、もう八年の付き合いか。無理して買ったが、その分だけ愛着がある。できればこの格好で死にたい。革ジャンとブーツが身につけられる、いい季節が来た。

ただ堀下のオッサンはいつも俺を邪魔する。「いつになったらそのチンピラみたいな服装をやめるんだ！」だの、「患者の目もある。身綺麗にしろ！」だの。じゃあ正解の服装が何なのかというと、ポロシャツらしい。オッサンのポロシャツにはでかい馬の刺繍がついている。だいぶ前に開かれた国際学会のついでに買ったんだろう。毛羽だった立派なポロシャツが、歯科医の理想的な服装ってことだ。ロックのギタリストには難しい話だ。

裏門をくぐり抜けたら自由な世界が広がっていた。午後九時半。時間まで素晴らしい。タバコに火をつけると、煙が星空に溶けた。オッサンが禁煙に成功してから医局員は全員禁煙になった。おかげでタバコがよりうまく感じられる。俺の反抗は細やかすぎて惨めだ。だがこの街で生きていくには耐えるしかない。せっかく取った免許が無駄になる。俺は煙を吐き出し、空を見上げた。満天の星に薄紫の煙が溶けていく。良い夜だ。少し回り道して帰ろう。

12　レッドハウス

俺の通勤手段は徒歩だ。大学まで歩いて十五分程度の好立地にあるマンションに住んでいる。築四十年も過ぎると家賃も安く、またそんなところに住みたがる貧乏人は、医療関係者か医学生の中にはいない。誰も住んでいないんじゃないだろうか。おかげで多少のボリュームならアンプを繋いで音を出しても許される。そんな豪邸が俺のワンルームマンションだ。

通常大学院生には高額のバイト先が与えられる。在学中は週一回から数回外の病院やクリニックで働くことで生活費が賄えるようになっている。これは大学院生はお金を払いながら労働力として大学に在籍していることもあるため、各科からの救済措置として取られている慣例だ。しかしなぜか俺のバイト先は賃金が安い。他の一般的な大学院生の歯科医師の半分もいかないいんじゃないだろうか？　貧乏話の続編が始まりそうなので自重するが、俺がこんなところに住んでいる理由は明白だろう。

ただこの辺りは大学があるだけに、安居酒屋が集まった飲み屋街がある。ちょうどマンションと大学の間の道を少し回り道したところに広がっていて、そこそこに綺麗なまともな店では学生の飲み会が毎日のように開催されている。俺もたまには酒でも飲みたいと思い、回り道することはあったが、酒を飲むには眠すぎた。疲れすぎていた。結局ただの散歩になるだけで終わる、無駄な行為を何度かしたことがある。

だがこの散歩で得られたものは脚力だけじゃない。一件の気になる店ができた。ライブ&バーと書いてある店、レッドハウス。たまに通ると生演奏の音が漏れていた。今日もレッドハウスの前を通ると、やはり生音が漏れていた。

生音。中学から高校にかけてはライブに出ることが何度かあった。ハードロックかメタルのバンドに参加した。参加したとはいえ、いつもヘルプだ。一万円のギターとわずかな機材しか持っていないような人間を正規のメンバーに入れるバンドなんてなかったからだ。その割に、担当していたパートはリードギターだった。この手のジャンルでリードのパートを弾けるガキはそういない。俺が速弾き担当だった。多少の悔しさはあれど、最初は楽しくて仕方なかった。

だがそれも、途中から退屈になった。高校一年生の時だ。ジミ・ヘンドリックスとかいう天才がいるらしいと聞いていたのでCDを手にしてみたところ、そこで世界が変わった。速弾きだけでギターの魅力をはかっている連中が馬鹿に見えるようになった。ジミ・ヘンドリックスが表現していたのはブルースと狂気の融合だ。いや、ブルースの枠に収まらなかった狂気が、ジミ・ヘンドリックスの世界だった。俺もこうなりたい。心から思った。それからはヘルプで速弾きバンドに参加するのが、いくらか退屈になった。

レッドハウスといえばジミ・ヘンドリックスの名曲だ。漏れてくるドラムの音は、彼の後ろでリズム隊を務めていたエクスペリエンスの影響を感じさせる。扉の向こうに、求めている音があるかもしれない。俺はレッドハウスの、思ったより重い扉を開けた。

13　スウィング

ドアを少し開けるとはっきりと聞こえた。紛れもないエクスペリエンスのドラム。最高だよ。レッドハウスでエクスペリエンス。相性は素晴らしい。だけど何でジャズを叩いてるんだよ、クソッタレ。「スイングしなけりゃ意味がない」なんて曲が似合う店の名前じゃないことも分からないのか？　センスがないにも程がある。他に言葉が見つからないからこう言ってやりたい。死ね。

ジャズが悪い音楽だとは思っていないが、医学生や歯学部生っていう上品な連中がなぜかジャズを好むのを学生時代に見てきて、あまり良い気分はしなかった。最初に持つギターがギブソンESなんて奴だってざらだ。それなのに貧しい連中がやってた音楽を、さも教養みたいな感覚で身につけているっていうのが気に入らないんだ。

俺がヘルプで入ってきたハードロックバンドやメタルバンドの方がマシだ。あいつらにはまだ情熱がある。初期衝動に従っている愚直さがあるんだ。俺も色々なギターヒーローの曲を弾いてきたが、彼らのようなヒーローに一歩でも近づきたいと願った。それは憧れだけじゃない。ガキがもう誰にも馬鹿にされないために、プライドを保つために必死でギターにすがり付いているという表現が適切だと思う。そんな切実さを、アクセサリーとしてジャズを身につけていた連中からは感じないんだ。人それぞれだと言われるかもしれない。それなら俺の独断も尊重してもらうことにするよ。ここで弾いてるバンドも、どうせ似合もしないアクセサリーを見せびらかしているだけだろう。

おそらく二度とここには来ないだろうが、店に入って何も頼まずには帰れない。俺は一応カウンターに座った。近付いてきたマスターはヒッピーが五十そこそこに老けたようなジジイだ。ビールを頼んだら背中を向けたマスターに心の中で声をかけた。ラブ＆ピース。早くしろよ。

「レッドハウスって店の名前は？」

ビールを持ってきたマスターにたずねると、言葉より先にため息をつかれた。

「ジミ・ヘンドリックスの曲名ですよ」

「ずいぶん媚びたヘンドリックスだ」

俺がいつもの癖で口の端を歪めると、マスターは弛緩し、笑顔を見せた。

「お医者さんっていうのは頭がいいですからね。スタンダードさえ知っていればいつでも、どこでも、誰とでもセッションできるジャズがお好きなようですよ。北里先生以外のお客さんの口からジミヘンの名前が出たのも久しぶりだなあ」

常連が一人、相手をしてくれてるってところか。バンドの方は演奏のテンションがキープされているな。ドラムのせいか。いいプレイヤーがいるのに、もったいない店だ。ドラマーはどんなやつだ？　白髪のオールバックか。渋いジジイだ。定年前に見える。しかし今時ジェルでオールバックっていうのはどんなセンスなんだ？　そんなことより、荒っぽくジャズを叩くジジイだな。上手いのは分かったから、好きなジャンルが違うならメンバーに言えよ。ブルースロックをやろうって。

ジジイとボーカルの女は医者か？　女の方はやけに髪の色が明るいボブだな。そんな頭を許してくれるのはどこの診療科だ？　何となく見たことがある目鼻立ちだが、どこかで会っただろうか。このボーカルの姉ちゃんもテクニックを身につけている。体中に声が響く。そんな印象だ。全身が楽器とでも言えば適切だろう。そして、見事に透き通った声だ。他の楽器を最大限に目立たせる、いいボーカルだ。ただここはレッドハウスだ。帰れよ、クソッタレのジャズバンド。

俺は心の中で精一杯毒づいたが、結局ドラムのハイハット、リズムを刻むシンバルに合わせて右手の人差し指でカウンターを弾いた。

14　ギタリスト

カウンターの兄ちゃん、俺のドラムを聴きに来たのか？　さっきからずっと俺のハイハットを睨んでるじゃないか。右手の人差し指だけハットに合わせて動いてるってことはギタリストか。革ジャン着込んだ兄ちゃんに睨まれながらドラムを叩くっていうのも、ロックらしくて悪くない。もっとも今は真弓のバンドで叩いているから、上品なジャズのドラマーだけどな。あとで死ぬほど酒を飲ませてやるから、ギターでも弾いて帰れよ。パンクでもハードロックでも何でもいい。たまには力一杯叩きたい時もあるからな。

そう思うと、普段より力を入れてクラッシュシンバルを叩いてしまった。真弓が怪訝な顔をして振り返った。俺が演奏に力が入りすぎたかのように誤魔化すと、メンバーも演奏を盛り上げた。いつもよりも盛大に曲が進んでいった。

一方で、真弓もその客に気づいていた。

私は何であのお客さんにたまに睨まれるんだろう。誰かな。何となく見たことがあるような顔だけど、どこの人だろう？　今日は北里先生の演奏もやたらとテンションが高いし、いつもと違う。

あのとき私は、北里先生のクラッシュシンバルだけでなく演奏全体に違和感を覚えていた。圭吾の視線のせいだろうか。いつもより音に影があった。でもその影が、私たちをすっぽり飲み込むことになるなんて思いもしなかった。圭吾と私たちが初めて出会った夜、私たちの華やかなジャズは鳴り止んだ。

15　からみ酒

演奏が終わったようだ。ボーカルの姉ちゃんはこの街のアイドルらしい。右手を振っている。

「今週もありがとうございました。また第二、第四金曜日はレッドハウスに遊びに来てくださいね」

二度と来るかよ。

打ち上げが始まったのは分かるが、何でジジイは座った瞬間から酔ってるんだ？　さっきまで鳴らしてた音と、馬鹿オヤジ丸出しの笑い声が同じ人間のものとは思えない。気さくなジジイなんだろうが、いい歳してみっともない。ただ、一人酒の俺も十分みっともないな。

北里は圭吾が財布を取り出そうとするのに気づいた。そして、そのまま帰す気になれなかった。

兄ちゃん、帰るのか？　今日は金曜だ。ギタリストがアンプに華を咲かせずに帰るっていうのは感心できないな。お前さんも弾いて帰れよ。最近のロックはよく分からないが、何か古いのも知ってるだろ？

「カウンターの兄ちゃんよぉ。大学の人間か？　こっち来いよ？」

何だ？　早速からみ酒か？　古き良き日本の酔っ払いだな。すっかり顔も赤くなって、渋みも抜けてるじゃないか。ジャズバンドか。うるせえよ。

「遠慮しときますよ。俺はジャズみたいな上品な音楽が似合わないオカマ野郎ですから」

オカマ。お前らのことだよ。

いい兄ちゃんだ。黒革のブーツにライダースのギタリスト。これで下手くそだったら首を絞めてやらないとな。暴れん坊将軍が飲み屋で傷害罪。また学生が笑うってもんだ。

「ひねくれた兄ちゃんだ。ギタリストっていうのはロクでもないな」

何で俺がギタリストだって分かったんだ？

「ギタリストは右手でリズムを刻む。俺のハイハットに見惚れてたのはオカマだからか？ギタリストだって分かってんだよ」

悪いジジイじゃなさそうだな。断りにくい誘い方だ。仕方ない。

圭吾は席を移った。

16　ジャズ

何で北里先生はあんなに睨んでいた人を呼ぶんだろう。ギタリストって見て分かるものなのかな。ギタリストっていうけど、多分この人のことは知っている。この、人を食ったような喋り方も聞き覚えがある。思い出せないけれど。とにかく感じの悪い人だけど、先生が呼んだんだから席を空けよう。

「よかったら隣、空いてますよ」

北里先生の表情が変わった。きっと私をからかうつもりだ。

「真弓ー！　三十超えると積極的だな！」

やっぱり。いい加減その手の冗談も笑えなくなってきた歳なのに。

「違います！　先生こそもう定年前でしょう？　結婚しないんですか？」

「今更結婚してどうする。俺はレッドハウスで飲んだ帰りに野垂れ死にするんだよ」

一杯目のビールを飲み干すのがいつもより速い。先生が元気だということだ。今日も長くなるのだろう。先生は酒の席で必ず最後まで生き残ってきた人だ。私以外の同席した人は、みんなレッドハウスで朝を迎える。今日はこの感じが悪いギタリストさんが犠牲者なんだろう。

北里は真弓の視線を無視して圭吾に話しかけた。

「お前さん、何弾くんだ？」

「ジャズ以外ですね」

圭吾が口の端を歪める。北里はそれに好感を持った。

いい兄ちゃんだ。ギターなんて真面目なボンクラが弾くもんじゃないからな。分かってるから、早く好きなバンドでも教えろよ。

その答えや表情に対して、真弓の捉え方は逆のものだった。

この人嫌い。せっかく北里先生が仲良くしようとしてくれてるのに。それに私たちがジャズをやって何が悪いの？　言ってやろう。

「ジャズが嫌いなの？　嫌なら金曜日は来ない方がいいよ」

少しきつい言い方になったけれど、やっぱりこの人嫌い。

圭吾は笑いを噛み殺した。子供だ。きっと大事に大事に育てられてきたんだろう。せっかくだからもう少しからかおう。そう思いながら返した。

「好きだよ。ジャズっていうのは、あんたが男に開くところって意味の方だよな？　俺の頭の中は、いつでもジャズのことでいっぱいだ」

北里は保護者として見ていられなくなった。

「兄ちゃん、そっちのジャズの話はまた今度だ。こいつには色気がないだろう？　からかっても仕方ないじゃねぇか」

圭吾は笑った。ジジイにもそれなりに言われてる。

しばらく北里は真弓の機嫌を取り、マイルスだのコルトレーンだの、それっぽいジャズの話をしていた。本人が思ったのは、上の空っていうのはこういう感覚のことを言うんだなということくらいだったが。

そろそろ真弓の機嫌も直っただろう。今度は兄ちゃんと話をする番だ。

「お前さん、誰の曲を弾くんだ？」

圭吾は右手の人差し指で天井を指差した。

「テレパシーとかその類の話に俺は興味ねぇぞ？」

もったいぶった兄ちゃんだ。何が言いたいんだ？　天井。スピーカーか。ジミ・ヘンドリックスのＦｉｒｅが流れてるが、これか？

「ジミヘンを弾くのか？」

「ええ、下手くそですけどね」

顔がとろけそうだ。今時の若いもんにしちゃ良いセンスだ。

「ちょっと待ってろ」

北里は立ち上がり、カウンターの中へ消えた。

何だ？　あのジジイ。飛び上がるほどのことか？

マスターを連れて北里が戻ってきた。

「俺がドラム、マスターがベースだ。ステージに来いよ」

普通先に俺に何か言うだろう。話がやけに早いジジイだな。ジミヘンをやるのか？　見ず知らずの俺に主役をはらせるって、焦りすぎて逆に婚期を逃してる女みたいだぜ？　そういえば、あんた独身の六十路だったな。悪かったよ。繊細な話をして。

北里は急かす。

「早く来いって。店の名前を見ただろう？　ここはレッドハウスだ。看板が泣いてばかりだから、たまには喜ばせてやってくれよ」

レッドハウス。ジミ・ヘンドリックスのブルース。圭吾が何度も自宅のマーシャルで弾いてきた曲。圭吾は立ち上がった。

「わかりました。何やりましょうか」

北里とマスターは笑顔を見せた。

17　パープルヘイズ

北里先生が真顔になった。私たちとのセッションの時はいつも優しい顔をしているのに。そしてこの人が弾くって言ってるジミ・ヘンドリックス。昔の人だっていうのは知ってるけど、どんなミュージシャンなんだろう。私もビートルズが好きだし、少しは話せるかもしれない。

「古いロック？」

「ああ」

「古いロックなら、私もビートルズが好きだよ」

ため息をつかれた。ビートルズって何か変なの？

「あんなゴミのどこがロックだ？」

もういい。二度と話しかけない。


そんな真弓を無視して、圭吾はステージに昇った。ステージの壁にはギターが数本立てかけられていて、その中からフェンダーＵＳＡストラトキャスターのシングルコイルのものを選んだ。足元にはジムダンロップ社のファズフェイスとＶＯＸのワウというギターの音色を変える機材、エフェクターが転がっていたので、それらをマーシャルのアンプに繋いだ。それを見たマスターはいくらか嬉しそうに声をかけた。

「分かりやすいですね。ジミヘンの機材だ」

しかし圭吾は無視した。

飢えたことのない連中に、狂気なんて表現できない。ジャズをアクセサリー感覚で身につけていたジジイ、姉ちゃん。アクセサリーが剥がれ落ちるっていうのは痛いものなのか痒いものなのか、後で教えてくれよ。

北里もその機材の選択に好感を持っていた。

「兄ちゃんよぉ。やりたい曲は何だ？」

「分かりやすいのはパープルヘイズでしょうね」

「決まりだな」

笑顔を見せた後、北里は真顔になった。静寂の中、スティックでカウントが響く。


そして、レッドハウスが飲み込まれた。


北里の心臓は引き裂かれた。優しくピックで弦を撫でているにも関わらず、アンプから出る音が暴れている。

紫、狂気。北里は思った。こいつ、二十代だよな？　何年弾いてきたんだ？　いや、何でこの音が鳴るんだよ。破滅の色。マーシャル使えば鳴るってもんでもないだろ？　暴力の華が咲いたようなギターだ。

北里がスティックを落とし、曲が止まった。圭吾は怪訝な顔をしてたずねた。

「俺、何かミスしましたか？」

北里が素直に謝ると、圭吾は口の端を歪めた。

「じゃあ、もう一度頭から」

圭吾は左足の爪先で四拍のカウントを取った。

エクスペリエンス気取りのジジイ。ジャズバンドよりこっちの方が似合うようだな。良いドラムだ。このジジイなら大丈夫だろう。好きに弾かせてもらうよ。

　圭吾は北里を信頼した。そして音の粒をばら撒いた。爆音の速弾きを小節の端々で挟んだ。

「ライトハンドだ！」

「やりたい放題だな！」

　ライトハンドとはピックで弦を叩き、倍速で音の粒を作る奏法だ。速弾きによく使用されるが、アドリブでライトハンドを挟むにはテクニックとセンスが要求される。

　客たちがどよめく。圭吾がばら撒く音をダイヤモンドに例えるものはいないだろう。鋭いガラスの破片だ。初めはテクニックを楽しんでいたものたちにも緊張感が走り、意識が支配されたように感じた。

　ギターソロも好きにして良さそうだな。

　圭吾がワウを開く。音を揺らすための機材であるワウは、適度に設定すると歪んだギターの音色を金切り声に変える。暴れ狂い始めた音を操り、ハイポジションで高音の速弾きを続け、客を煽った。北里は無心だ。ひたすら圭吾に飲み込まれないように、そして圭吾がヘンドリックスの枠に収まるよう、必死で叩いた。客はもう無言だ。

　参りましたって言えよ、ジジイ。

　真弓はそんな圭吾のギターを聴いて、ただの乱暴な音楽だとは捉えていなかった。ギターソロに胸を締めつけられた。

こんな音楽好きじゃない。速弾きの音の粒に切り裂かれる。私は優しい音楽が好きだ。こんな、私には個性がないって否定するような音楽は嫌い。練習した。たくさん。でももう歌いたくない。あの人みたいな音は、私という楽器からは出ない。

真弓は絶望した。曲が終わる頃には泣いていた。ステージが静かになると客がわいたが、ステージの上にいる三人は黙った。先に声を出したのは北里だ。

「お前さん、幾つだ？」

「二十八です」

沈黙したので圭吾は黙った。

どうした？　ジジイ。脳梗塞か？

口の端を歪めたところで、北里は声を張り上げた。

「お前さん、最高だよ。これだけ弾ける二十代なんていねぇだろ。俺の負けだ。好きなだけ飲ませてやるから来いよ」

音楽がアクセサリーじゃないジジイ。あんたも悪くなかった。

「食いもんもお願いします。何も食ってないんですよ」

それから圭吾は、テーブルいっぱいのフライドポテトを食べながらビールを飲んだ。北里がドラム以外にセンスがない男であることが分かった。

18　出会い

　私は打ちのめされた。才能なんて言葉は練習しない人の逃げ口上だと思っていた。だけど、何かあるんだろう。生まれ持っての華。華って言ってもこの人のギターは内向的な暴力みたいだったけれど。紫色の暴力。そんな感じだった。私は何色だろう。きっと無色透明だ。歌える自分には何か個性があると信じていたけれど、自分に酔ってたことが分かった。北里先生も、私に合わせてくれてたんだ。その暴力的な音を操る手綱みたいなドラムだった。いつもと違う先生だ。そして今日は、いつもより機嫌が良い。私たちのバンドで演奏した後は保護者みたいな顔をしているくせに。

「先生！　私たちの時も真剣にやってください！」

「俺はいつでも真剣だ、馬鹿野郎。ポテトが冷めるぜ？」

　先生の言葉にはため息が出たけど、嫉妬することもできないほどに打ちのめされたことには、ため息も出ない。

　打ちのめされた真弓の正面では北里がフライドポテトをビールで流し込んでいる。

　こんなヤツがいるとはなぁ。兄ちゃん、今日は朝までだ。なんて言ったって、今日この店でバンドが結成されたんだ。笑いが止まらねぇ。

「兄ちゃん、最高だったよ」

偽悪的な顔が崩れた圭吾を見て思った。酒には弱いのか？　大丈夫だ。俺の方は、この席で飲み続けて朝を迎えるつもりだ。

ジジイ、口の中がベトベトだ。何で飯がポテトだけなんだよ。メニューにはミックスピザって書いてるじゃないか。最悪だ。自腹でいいからピザを食わせろよ。俺が最高だって？　あんたの食の嗜好はともかく、俺も思うよ。あんたも最高だ。

素直に笑った。北里も安堵したようだ。

「お前さん、どこの誰だ？」

普通先に聞くだろう、ポテトジジイ。

「歯科の神谷圭吾です」

あの生意気な弱小科か。医局員まで生意気だな。見直したよ。

「歯科のドクターか。俺は耳鼻科の北里純だ」

北里純？　院内で講演を聴いたな。確か耳鼻科のお偉いさんだ。「オペの鬼」なんて呼ばれてるらしいが。

「准教授の北里先生ですか？」

「ああ。そしてここにいる真弓、倉木真弓の親代わりだ。悲しき独身の三十路娘をジャズで慰めるという親子愛を、お前さんが睨んでいた。不憫だとは思わないか？」

何て言い方するの？　先生なんて嫌い！　新しいドラマーを探さないと。それより歯科のドクター？　あの人だ！

「あの下品な先生だ！　やっと分かった！　北里先生！　私この人嫌いです！　もう追い出してください」

　嫌い？　圭吾は気付いた。

「あんた、麻酔科の姉ちゃんか」

「何その言い方！　常識ないの!?」

「うちの科には常識なんてないって知ってるだろう？」

　この人以外に常識がない人というと!?

「堀下先生だ。でも私たちには親切なんだよ」

「あんたらに嫌われると全身麻酔をかけてもらえないからな。オペができないと症例が集まらない。それだけだ」

　ほんと、歯科の先生って嫌い。もうこれ以上話すのはやめよう。

　こいつら、ずいぶん仲がいいな。俺も混ぜてくれよ。

「こいつは三十五歳くらいの結婚適齢期だ」

「見たら分かりますよ」

　許せない！

「三十二です！」

「お前ら、仲良くしろ。圭吾＆北里バンドの結成なんだ。圭吾、バンドメンバーなんだ。北里さんとでも呼べ」

なんてセンスのないバンド名だ。この話、どこから突っ込めばいい？　とりあえず一つ言えるのは、くだけた人だってことだな。このポテトジジイは。ただ組むならバンド名は変えさせてもらうよ、北里さん。

「バンド、またここに来れたらやりましょう。今日は女が待ってるんで帰ります」

「恋人か？　今日は朝まで飲もうぜ。何なら呼べよ」

圭吾はゆっくりと首を左右に振った。

「ダッチワイフが三人。恋人ですよ」

北里に礼をいい、圭吾は店を出た。真弓は力が抜けたが、それは嫌いな人間が帰ったからというだけではないようだった。

また下品なこと言ってる。でも先生とは何となく相性が良さそうだな。先生も嬉しそうだから。私じゃ、ダメだったのかな。

「何ですか？　あの人」

「何かに憑かれてるんだよ」

破滅、影、そして紫。私に縁がないものを身に纏っている。その時はそんな人だと思った。

19　ジミ・ヘンドリックス

帰り道、圭吾は興奮がいくらか残った胸を落ち着かせるために、ジミ・ヘンドリックスに想いを馳せた。

自分の目に映る世界が変わる瞬間があるとよく聞く。中学の時、俺は外人の馬鹿みたいな速弾きに耳を奪われた。世界が変わった瞬間だ。日本の音楽が不快な雑音に聞こえるようになり、自分の感性で世界をとらえない連中を見下すようになった。音楽少年にはよくある話だろう。今思うとそんな偉そうな自分の後頭部あたりを、ストラトで叩き割ってやりたい。それくらい自分は特別だと勘違いしていた。

そして次はジミ・ヘンドリックスのＣＤを手にしたときだ。確かにヘンドリックスの速弾きは尋常じゃない。だがそれだけじゃない。天才が命を燃やして奏でることでしか鳴らない音を感じた。破滅か、悲しみか、何かに救いを求めているような絶望か。はっきりとわからないけれど背筋が凍り、俺は世界から切り離された気がした。もう元いたところには帰れないと思ったと同時に、大袈裟かもしれないが自分が鳴らすべき音が見つかった。俺みたいな凡人に自分にしか鳴らせない音があるとは思っていない。だけど、追い求めるのはこの音だって気付いた。クソ親父にアル中の母親。この音が鳴った時だけは憎悪の雑音から解放されるのだろう。ヘンドリックス自身も少なくとも、自分のために弾いてたんだろうって思ったんだ。

20　部屋

自分の部屋がいつもの自分の部屋だと思えない。北里さんのバスドラムの余韻が腹に残っている。そしてベッドに寝かせているストラトが、俺に囁いている気がする。「その音を鳴らすために生きてきたんだ。いくらか気分がマシになっただろう？」って。俺もそう思う。俺の曇った日々。いつもは暗闇の中で途方に暮れて歩く帰り道。今夜は雲の切れ間に月が見えた気がした。

圭吾はペットボトルの烏龍茶を直接口に流し込み、ラッキーストライクに火をつけた。今日の五分間のために生きてきたのかもしれない。やっとたどり着いた。そしてこれから、北里さんの前で俺はヘンドリックスを弾く。エクスペリエンスの匂いがするリズム隊が、俺を救う。自由になったとは思わない。明日も罵声を浴びるだけなのは分かっている。ただそれも些細なことだ。

ベッドに寝かせたままのストラトを手に取り、マーシャルのアンプに接続した。そして音量を絞り、さっきと同じセッティングで音を作り、音を鳴らした。

同じ音作りなのに、ボリュームのせいか冴えない音に聞こえた。

圭吾はストラトをスタンドに立て、ベッドに寝転んだ。

21　誘い

あの人が帰った後に北里先生に聞かれた。

「歯科のオペは今週あるか？」

「確か火曜日が歯科のオペですよ」

何でそんなに嬉しそうになるんだろう？

「金曜日はレッドハウスに来るように、オペの時に誘っておいてくれ」

先生の顔を見ると断りにくい。赤く、だらしなく笑う先生。やめてほしい。

火曜日のオペ室に、あの人と堀下先生が並んで入ってきた。また叱られてるみたいだ。堀下先生、もっと強く言ってやってください。

そう思いながら堀下が手洗いに行っている隙に真弓は圭吾に声をかけた。

「北里先生が言ってたよ。毎週金曜はレッドハウスにいるから来るようにって。一応伝えたけど、来なくていいからね。絶対来ないでね」

圭吾は笑った。北里さん、本気なんだな。まあ、堀下のオッサンが帰してくれるのかは分からないが、俺も部屋で鳴る冴えない音じゃ、もうマスターベーションはできない。

セックスを覚えたサルの気分だ。いや、あんなジジイとのセッションをセックスに例えるなんて気持ち悪いな。素直になろう。最高のリズム隊に爆音を乗せたら、もう戻れない。ありがたい誘いだ。

そしてこの姉ちゃん。子供か？　ずいぶん嫌われてるな。下品なジョークが嫌いなら気を付けよう。次はもう少し上品にジャズの話で盛り上がるか。あなたは処女ですか？　そこそこに突っ込まれてますか？　セックスって良いですよね。ライフ・イズ・ビューティフル。

笑う圭吾を見て、真弓の顔は弛緩した。この人も素直に笑うことがあるんだ。ただ途中から何となくいつもの投げやりな笑い方になったけど、嬉しいんだろうな。悪い気分にはならないけど、やっぱりこの人と仲良くはなりたくない。この後にこの人は、きっと嫌なことを言う。

「ありがとう」

真弓が拍子抜けしたところで、圭吾は堀下に睨まれていることに気づいた。堀下が圭吾を呼び、オペが始まると、手術室に怒声が響いた。

「お前は何でそれだけしか自分の実験を進めていないんだ!?」

あんたが押し付けるお仕事のせいだよ。いつ自分の実験するんだ？　それにしても今日は特にうるさいな。ボリュームのつまみが壊れたか？

「お前に学位はやらないからな！」

オッサン、医者と親しくしてるからって妬むなよ。麻酔科の先生たちの前で何てことを言うんだ。研修医もいるぜ？　俺たちみたいな弱小科を医者がまともに相手をしないことは分かる。だからお行儀よくしようぜ。勘の良い人なら気付く。かまってくれと叫んでいるってことにな。結局、歯医者が敗者だって自分で言ってるようなもんだ。情けないからやめてくれよ。器の小さいおっさんだ。

22　ダッチワイフ

「ああ、神谷先生」

レッドハウスの扉を開けるとジャズの騒音の中からマスターの声が聞こえた。あの姉ちゃんは今日も嬉しそうに歌ってるな。悪くないよ。その透明な歌声。北里さんのドラムに支えられて、いい親子だ。

圭吾がカウンター席に座り、タバコに火をつけたところで演奏が終わった。また真弓が手を振っている。そしてステージを降り、ボックス席に座った。

「マスター、ビール人数分とフライドポテト」

何であんたはポテトしか頼まないんだ、ポテ里さん。そして何であんたは席に座るとただの酔っ払いになるんだ？　まだ飲んでないだろう。

心の中で毒突いている圭吾に北里が気付いた。

「圭吾！　何よそよそしい席に座ってるんだ！　こっちに来いよ！　飯食わしてやるから！」

本当に心地良い気安さの大声だな。今日はミックスピザを食わせてくれるのか？

圭吾はタバコの火を消し、席を移った。そして突然、不思議な質問を投げかけられた。

「お前さんよぉ、倉木はどうだ？」

「何がですか？　上品なボーカルだとは思いますが。素敵なジャズですよ」

なんてこと言うの？　絶対声なんてかけない！

「お互い年齢的に問題ないだろう？　音楽が共通の趣味って夫婦も悪くねぇ」

夫婦？　先生！　先生までなんてこと言うの？　私だって本気で怒るんだよ！

「絶対嫌です！　考えただけで！　こんな下品な人、嫌いどころかそばにいることだって嫌なんですから！」

「そうか？　そう下品じゃないと思うが」

何で真弓はそう嫌がるんだ？　こんなプレイヤーそういないぜ。お前の声だって悪くないんだ。良い夫婦になる。圭吾のギターの上で、お前が歌えば良いんだよ。

「とにかく圭吾、釣書をもってこい」

「何ですか？　釣書って」

「俺もよく知らんが、見合いの時に持ってくる履歴書みたいなもんだ。大切な娘をどこの馬の骨とも分からないやつに簡単にはやれないからな」

　いらねえよ。あんた、まだビール一杯とフライドポテト一口しか食べてないだろう？　何で話を進めてるんだ。そして、この大量のポテトは誰が食うんだよ。

「だいたい真弓よぉ。何が下品なんだ？」

「人前で、その。ダッチワイフとか言いますか？」

　真弓も分かってないな。先月俺も買ったよ、ダッチワイフ。やっと手に入れた。

「ギター買ったって話の何が悪いんだよ。俺もダッチワイフ買ったぜ？　ローランドの電子ドラム。十分なマスターベーションだ。圭吾、皮肉だが表現に風情があるじゃないか」

　年の功か。いや、同類ってとこか。俺たちは猿ってことだな。今度は俺の負けだ。

「圭吾。お前さんに金を持たせたら買うのは機材だろ？　今欲しい機材は何だ？」

「最新のディストーションを試してみたいとは思ってます」

　ディストーションか。もう少し素晴らしい話をしてやるよ。

「買ってやる。ついでに真弓もつけてやるから、俺を新婦の父として早く泣かせろよ！」

　先生、また大笑いしてる。絶対許せない。人をエフェクターのおまけに。私だって彼氏くらい……。

　ポテ里さん、俺にはエフェクターだけで良いですよ。きっと未来なんてないでしょうから。

23　仕事

「圭吾、何でお前はそんなに忙しいんだ？」

「人手不足なんですよ。外来、入院患者とオペの助手、実験に当直。俺、コストパフォーマンスの良い人員でしょう？」

当直？　確かうちの大学は院生の当直は免除になったと聞くが。そもそも院生が臨床に関わる義務も無くなったはずだぜ？

「当直なんて院生はやらないだろうよ」

圭吾は気を許していたせいで、本当のことを言ってしまった。

「准教授の当直は俺の仕事ですからね」

歯科の准教授か。ずいぶん評判が悪いってことだけは聞いたが、本当だな。こいつはいつ寝てるんだ？

真弓がつぶやいた。

「ひどい科だね。常識がないとかそういうレベルじゃないよ」

「お前さんの口が悪いのも納得だ」

圭吾は後悔した。他科のドクターに言うことじゃなかった。自然体の自分ってものに慣れていないから、ぎこちなくしか喋れなくなる。

24　紹介状

　麻酔科の医局にある電子カルテが入ったPCの前で、真弓は診療情報提供書、いわゆる紹介状を眺めていた。麻酔科でのペインコントロールの依頼だ。ペインコントロールとは医療用麻薬を用いて行う末期癌患者の痛みの管理の治療で、主に麻薬の量を調整する。大学病院などで麻酔科医が詳細な管理をした上で、末期癌患者を受け入れる市中病院に患者を紹介するのが一般的だ。真弓もペインコントロールの患者を受け持つことになっている。

　その診療情報提供書は歯科からのものだった。

「やけに丁寧だな」

　簡潔にまとめられているにも関わらず必要な情報は全て記載されていて、無駄がない。丁寧に患者を診ていることが分かる手紙だった。しかし、手紙を書いたドクターの名前が神谷圭吾であることに目を疑った。オペ室で寝てる人なのに。真弓は不思議に思いながら歯科のフロアへと向かった。

　歯科のナースステーションでは圭吾が電子カルテを真剣に眺めていた。あの人だ。今日は起きてる。いや、ギターを弾くときみたいな真剣な顔。患者をこんな目で診ているんだ。

　そんなことを思いながら真弓は圭吾に声をかけた。

「こんにちは」

圭吾は一度笑顔を見せ、挨拶を返した。

「こんにちは、倉木先生。よろしくお願いします」

倉木先生？　よろしくお願いします？　夢かな。寝てるのは私の方？

「どうしたの？」

「患者さんの目がありますからね」

そういうと圭吾はまた笑顔を見せた。

「概ね診療情報提供書に記載した通りですが、ご不明な点がありましたらお知らせくださ
い」

「あ、はい」

拍子抜けだ。

25　ペインコントロール

二人は特に会話をすることなく病室にたどり着いた。圭吾に気付くと、七十代の女性患者が悲痛な顔をして圭吾に話しかけた。

「神谷先生！　毎日来てくれてねぇ、ありがとうねぇ。やっぱり先生の顔見たら元気でるよ。でもねぇ、もう痛くてたまらなくて」

真弓が圭吾を見ると、圭吾は見たことのない優しい顔をしていた。

「痛いですよね。今日は痛みを和らげる治療の専門家を呼んできましたよ。麻酔科の倉木先生です」

この人、同一人物だろうか。あとで話を聞こう。

「こんにちは。麻酔科の倉木です。今日から痛みを和らげる治療をしていきますので、よろしくお願いします」

患者とのやりとりが終わり、二人は病室を出た。やっと話ができる。

「何で普段もそんな風に優しくできないの？」

ため息が返ってきた。

「人に好かれて楽しいか？」

あれ？　表情が曇った。何かあるんだろうか。

「話、聞かせてよ」

圭吾は躊躇したが、まっすぐに見つめる真弓の目に負けた。

「タバコが吸いたい」

真弓は素直に頷き、圭吾の後を追った。

26　青空

十一月には冬が間近に迫っていることを知らせる風が吹く。いくらか冷たく、乾いた風。真弓にとっては心地いい風だ。オペ室で過ごす麻酔科医が昼間に季節を感じることなど滅多にないからだ。

何でこの姉ちゃんを連れてきたんだ？　俺の話なんて誰にも聞かせたくないのに。堀下のためじゃない。青臭かった頃の自分を語ることになる。そんなに俺は自分が好きじゃない。

圭吾がタバコに火をつけると、真弓の心地よさは一気に吹き飛んだ。

「普通風上で吸う？」

何も答えず、圭吾は無表情なままで空を見上げ、タバコを吸っては吐き出している。

「酸素吸ってる？　ＳｐＯ２測ろうか？　多分下がってるよ？」

ＳｐＯ２とは血液における酸素飽和度で、酸素がどれだけ赤血球に含まれているかを調べた数値だ。血中の酸素量と解釈していい。

やっと笑った。患者の前で見せるほど優しくはないけれど、少し素直な笑顔。普段より不快じゃない笑顔だ。もちろん好感が持てるなんて言いたくはないけれど。

「何があなたをそんな人間にしたの？」

どんな人間だよ。あんたみたいに恵まれた人生を歩んでないだけだ。

「本当に悪い人間なら、あんな風に患者さんと話せないよ？　さっきの人だって毎日励ましてるんでしょう？」

連れてくるんじゃなかったか。何から話せばいいんだ？　圭吾はタバコの火を消し、チェーンスモークを始めた。

「人に話すと問題になる。だから、俺個人の問題だと思ってほしい」

圭吾の顔から表情が消えた。

27　大学

企業同様に大学もポスト争いは激しい。大学の場合、助教は講師を狙い、講師は准教授を、准教授は教授の後釜を狙う。口腔外科という弱小科でもそれは同じだ。

教授になるためには教授選という学内の選挙に出なければならない。各科の教授が候補者に投票する選挙だ。学内から一人の候補者と、全国の大学から複数人の候補者が出る。

堀下は准教授、つまりナンバー2だ。当然次の教授を狙っている。しかし歯科には、堀下だけでなくもう一人教授を狙える人物がいた。当初の圭吾の指導医であった、講師の澄江だ。澄江は日本屈指の大学出身の歯科医師で、十分に教授を狙えるオペの腕と研究の実績、学歴を持っていた。しかしこれまでにも何度も他大学の教授選の話が出たが、全て断っている。理由は簡単だった。「地元の大学で教授にならないと、故郷を離れて他の土地に引っ越さないといけない」というものだった。圭吾はそれを聞いた時は拍子抜けしたが、それだけの理由で堀下という人格破綻者と戦っている澄江に憧れた。対して堀下は分が悪かった。これまでにしてきたハラスメントは各科の教授陣が知るところだったからだ。学内にわざわざ危険人物を置いておくべきではない。皆そう考えていた。もちろん歯科の現教授もそれを分かっていたから、澄江を候補者にする方針でいた。


「澄江先生っていただろう？　昔オペに入っていたはずだ」

「あの凄くオペが早い人だよね？」

「俺の元指導医なんだ」

28　澄江

大学院一年目、二年前までは澄江先生の下で充実した日々を過ごしていた。

「神谷君、大学院生活には慣れたかな？」

「はい。実験も一通り覚えたし、論文も読めるようになってきました」

先生はいつも温厚な人柄が滲み出るように笑ってうなずく。

「先生、臨床にも少しは触れておきたいんですが、カンファレンスに参加してもいいですか？」

また同じうなずきが返ってくる。

「いいよ。オペが見たければ入ってもいいし、外来患者の処置がしたければ言ってくれたらいいからね。むしろオペは手伝ってくれると助かるよ。僕には……。失言をするところだった。すまなかったね」

手伝ってくれる人が少ないと言いたかったのだろう。若手は堀下が恐怖政治で囲っている。

「ありがとうございます」

「君はよく勉強している。オペの術式も頭に入ってるようだ。近いうちに簡単な全身麻酔のオペを君に任せるよう、教授に頼んでおくよ」

「本当ですか!?　勉強します！」

圭吾はタバコの煙をため息と一緒に吐き出した。

「オペが速いだけじゃなくて、人柄も良かったんだね」

「良い先生だったよ」

「あなたが擦れてることと澄江先生が辞めたことは関係あるの？」

ある日、澄江先生が実験室にいる俺のところにやってきた。

「神谷君、ちょっと良いかな？　気になる患者がいるんだ」

俺はカンファにこそ出ているが、患者の詳細を知っている訳じゃない。

「どうしたんですか？」

俺たちは電子カルテの前に座った。澄江先生は一人の患者のＣＴの画像を開いた。そして、画像を見た俺は心の中でため息をついた。可哀想に。そんなため息だ。

「神谷君、診断は？」

「左側上顎洞癌です」

「治療方針は？」

「オペは腫瘍切除術、上顎骨半側切除術、リンパ節転移もありますから頸部郭清術です。創部は皮弁で再建します。あとは眼窩底浸潤がありますから眼球摘出術です」

「君はよく勉強しているね」

上あごにある癌を上あごの骨ごと切り取り、首のリンパ節に転移した癌を首の筋肉ごと切り取る。そして目の下にまで及んでいる癌を、眼球ごと取り出すという手術だ。

「先生の患者ですか？」

澄江先生が眉間に皺を寄せたところを初めて見た。

「いや、僕は診たことはないけれど、僕がオペをすることになってるんだよ」

歯科のルールでは執刀医は初診医ということになっている。ローカルルールではあるが、それをベースに手術の予約などを入れていく。

「初診医は誰なんですか？」

　嫌な予感がした。

「堀下先生だ。そして予定されている手術は、神谷君が言った手術から、一つ大事なものが抜けている」

　先生はオペの予定を表示させた。

「先生！　眼摘がないですよ！」

　間違いか？　いや、オペの予約をしたのは堀下の子飼いの医局員だ。あり得る話だ。そう思っていると澄江先生は俺に声をかけた。

「明日のカンファには来ない方がいい」

　堀下の罠だ。先生も確信している。最後にため息まじりにつぶやいた。

「君の面倒だけは最後まで見たかったよ」

　罠というのは、この患者の手術には堀下の巧妙な細工があった。この患者の手術では、摘出し得るすべての癌を手術で取らなければならない。そうでなければ、身体に残った癌細胞が浸潤をし続け、患者は死んでしまう。眼球摘出をしないというのは今あるすべての癌を取り切らないということだ。この手術計画には眼球摘出術が含まれていない。つまり患者は、この手術をしても程なく死ぬ。それを、堀下がわざと眼球摘出をしない手術計画を立てて澄江先生に患者を殺す、意味のない手術をさせる罠を仕掛けた。この手術は医療ミスと言える。堀下は、澄江先生がこの大学にいる限り教授選候補にはなれない。澄江先生に医療ミスをさせてこの大学を追放させるほか、堀下が教授選に出る方法はなかった。堀下は患者を一人殺してまで、教授選候補になろうとしていた。

手術を誰がどのように行うか、予約をしたり決定することは、その医師本人でなくても可能なのが電子カルテのシステムだ。そのシステムを悪意を持って利用すると、このような罠を仕掛けることができる。澄江の知らないところで他者が手術の内容まで決めて予約を取る。患者は何も知らず爆弾を抱えさせられ、澄江のオペを待つ。澄江はオペが近づくまでそれに気付くことがなく、堀下はほくそ笑む。オペを中止したら良いと思うかもしれないが、誤診によるオペの変更は科の看板に泥を塗るため、許されることではない。

圭吾はタバコの火を消し、顔で風を感じた。真弓が尋ねる。

「罠なんて信じられない」

「ああ、人の命をかけた落とし穴だ」

言葉も出なかった。

29　カンファレンス

澄江先生を守れるのか考えたが、当時の俺は大学院の一年目だ。無力な木っ端にできることなど何もない。ただ今日は、先生の後ろにいなければならない。そう思って先生が止めるのを振り切ってカンファレンスに出た。

「神谷君、君のためだ」

「先生、僕のためですよ」

澄江先生は根負けしたようだった。カンファレンスルームに黙って歩き出したので、俺も静かに後ろを歩いた。

カンファレンスでは入院患者の経過と手術予定の患者の治療方針をプレゼンする。つまり、澄江先生はここで、人を殺すと発表するのだろう。

席に着くといつもより機嫌が良さそうな堀下の顔が見えた。数名の医局員も目配せしている。こいつらが人を殺し、澄江先生を抹殺する。この手で殴り殺してやりたかった。

カンファが始まり、各患者の治療方針のプレゼンが始まった。そして澄江先生が問題の患者のプレゼンをする番が回ってきた。先生は無言だ。澄江先生を睨み始めた堀下は、すぐに痺れを切らした。

「澄江先生、どうしたんですか？」

澄江先生は表情を変えない。

「この方は僕の患者ですか？」

「何を言っているんですか？　先生のオペ予約が入っているじゃないですか」

わざとらしい言い方だった。許せなかった。

「僕はこの方に会ったこともなければ、何の説明も受けていないですよ」

二人は睨み合った。

「澄江先生が執刀医ですよ？　無責任ですね」

先生はさすがに激した。

「患者に罪はないでしょう!?　もう少しやり方はなかったんですか!?」

堀下は小さく笑ってた。

「治療方針を、オペの予定を変えましょう！」

「せっかく予約をしているのに、麻酔科に何て言うんですか？『誤診でしたのでまたにします』とでも言うんですか？　迷惑をかけるだけですよ」

「そんなことは些細な問題だ！　意味のないオペをしてどうする！」

「意味があるかないかは、執刀医である先生の腕にかかっていますよ」

澄江先生が拳を握ったところで、堀下は声を張り上げた。「次の患者のプレゼンを始めろ！」って。発言の機会はこれで終わりだ。残酷で、汚い罠だった。

それから俺は医局に帰り、コピー機からA４の用紙を力一杯引き抜いた。退学届を書くために。デスクのボールペンで殴り書きして、堀下の部屋に行った。ドアは多分殴ってたんだろう。

「開けろ！　クソッタレ！」

扉の中からも怒声が聞こえたが、そのときはそれが余計に癇に障った。

「神谷！　舐めた真似するな、クソガキ！」

「俺はもう辞める！　クソガキだ？　殺すぞ」

　堀下の胸ぐらを掴み、顔に退学届を叩きつけた。すぐに床の上に落ちたが、俺が何で拾う必要がある？

「拾え！　馬鹿野郎！」

　すると後ろから退学届がすっと拾われた。振り向くと立っていたのは澄江先生だ。退学届を破り捨て、いつもの温厚な声を出した。

「堀下先生、神谷君は優秀な院生です。今後の指導はお願いします。さあ神谷君、実験の続きをやってくるんだ」

　圭吾はまたタバコに火をつけた。

「今時そんな医局あるの？」

「あるんだよ、うちは常識という言葉が通用しないからな」

　真弓はまた、何も言えずに立ち尽くした。

30　絶望のオペ

　そしてオペ当日、手洗いをする澄江先生にたずねた。

「澄江先生、どうなるんですか？」

「僕はいい。君の学位は取れるように頼んであるから、今後も研究と臨床、そして勉強を頑張るんだよ」

先生の表情はいつもと変わらない。先に手洗いを済ませていた俺は何も言えないまま、オペ室に入った。

オペが始まっても、先生に変化は見られない。

「神谷君が助手に入ってくれると助かるよ」

そう言いながら術野に局所麻酔の注射を打っていった。色々なタイプのドクターがいるが、澄江先生は静かに会話や指導をしながらオペを進める。だが今日は会話が少ない。

俺が眼球スプーンと呼ばれる、文字通りスプーン状の器具を患者の目の下に差し込むと、すぐに澄江先生は上顎骨を外した。澄江先生のオペは先生の指導がなければ勉強にならない。速すぎるからだ。手術は一瞬でかたがついた。予想通りの結末を迎えたということだ。

上顎骨は目の下の骨と繋がっている。上顎洞という上顎骨の中にあるほら穴にできているこの患者の上顎洞癌は、目の下の骨を突き破っていた。つまり、目の周りは癌細胞でいっぱいだったということだ。摘出した上顎骨は、癌の浸潤によりぽっこりと1センチ大の穴が開いていた。それを見た澄江先生がつぶやいた。

「これはひどいな」

形だけのオペを進め、俺たちは手術用ガウンを脱いだ。

俺はそれからベッドに寝かせた患者を病室まで運んだ。ベッドを押しながら思ったよ。

俺はこのまま、わざわざこの街で歯医者を続けるために堀下に従う必要があるのか？　って。でも俺は何もできなかった。どうしていいか分からず、そのままここにいる俺こそ、クソッタレなんだ。

医局に戻ると澄江先生はうなだれていた。見ていられなかった。だからもう一度病棟に向かおうとした。そしたら廊下で堀下は待ち構えてたんだろう。嬉しそうだった。

「神谷、オペはどうだった？」

「うまくいきましたよ。あんたが望んだ通りだ」

「あんただって？　指導医に失礼だな。まあ、お前なんか指導する気はないが」

殴れなかった。保身っていう行動の情けなさを痛感した。

「今日からまた雑用専門の人員ができて助かるよ、クソガキ。あの先生についたのが運の尽きだ」

そんな話をしていると澄江先生がやってきた。また、眉間に皺を寄せている。似合わない顔だった。

「堀下先生！　彼は優秀な院生だって言ったでしょう！　学位をあげて、立派な口腔外科医に育ててください。僕の望みはそれだけです。さあ、二人で話をしましょう」

准教授室に入っていく二人を見ながら、涙を堪えた。

真弓はもう、風上から流れてくるタバコの煙を不快に思うこともなく、怒りに打ち震えた。

教授選のために敵と戦うっていうのは聞かない話じゃない。でも人を殺すなんて。そして、一人の純粋なドクターの未来を潰すなんて。確かにこの人は嫌いだ。でもあんなに患者に信頼されるなんてそうできることじゃない。癌患者にとって毎日の励ましなんて、これ以上ない支えだ。それができるドクターなのに。患者に対するこの人の姿勢からは、患者になんとしても生きてほしいっていう気持ちが分かる。それだけに人を殺すオペがどれだけ辛かったか。

「それから澄江先生は消え、俺の研究テーマは変わった。正確には無くなったというべきか。今は他人の実験を代わりにやっている」

また口の端を歪めて笑った。そんな人間じゃないんでしょう？　もう分かったからやめようよ。あなたはそんなに悪い人間でも、ただの皮肉屋でもない。

「偽悪的に振る舞っても何も解決しないよ」

「先がない人間にしか分からないことだ。あんたの未来は明るい。独身女医として、幸せな人生を歩んでる」

この期に及んでこの人は何てことを言うの？　結婚がすべてじゃないし、いつかいい人が現れるだろうし。大体こんな話の後によく言えるね。やっぱりこの人嫌い。でも。

「許せない」

「結婚適齢期過ぎの女に言うことじゃなかったな」

「それもだけど、あなたの上の人が許せない。そしておそらく純粋だったあなたを、そんな振る舞いしかできなくさせたことが許せない」

そんな振る舞い？　俺が、本当はまともな人間だってことか。人に話すと窮屈な気分だ。だが、今日は少し気が楽になった。共感っていうのは救いだな。

圭吾は表情を変えず、青空に煙を溶かし続けた。

31　星空

金曜の晩、真弓が歌っている後ろで考え事をしながらドラムを叩いている男がいた。

圭吾は来ねえのか？　真弓よぉ、ちゃんと誘おうぜ。三十五だろ？　真弓には悪いが、俺はジャズのドラマーじゃねぇんだ。どうしても荒く叩いてしまう。そろそろこいつにラストチャンスかもしれないって自覚させないとな。シンバルでも二発余分に叩いとくか。

北里先生、今のシンバルなんですか？　私何か間違えたかな。それにしても今日の先生はいつもと違うな。顔が真剣だ。やっと私たちのバンドでも真面目にやってくれるようになってくれたのかな。でも少しうるさいドラムだ。先生でもストレスが溜まるのかな。しっかり解消していってくださいね。高音出そう。

真弓よぉ、それだけ声が出るのに何で圭吾に届かないんだ。ここの客なんて野暮ったい医局員しかいないだろ？　しかも俺と酒を飲む、ロクでもない連中だ。圭吾だよ、圭吾。

クラッシュシンバル、少し強めに叩くか。

今日の先生はどうしたんだろう。何かを主張しているみたい。私の女性としての魅力に気付いたのかな。でも年齢がなぁ。

打っても響かない様子の真弓に北里は落胆した。

その頃、圭吾は夜の実験をしていた。当直明けの手術日。最悪のコンディションだ。しかし顕微鏡を覗いて癌細胞を眺めていると、実験室のドアが荒々しく開いた。オッサンだ。データ入力か。もう十時半だぜ？

「明日までにやっておけ！」

オッサン、あと一時間半で明日だよ。

圭吾は堀下が医局を後にしたのを確認し、白衣を机の上に置いた。そして引き出しからラッキーストライクを取り出し、准教授室の前で拝んだ。

「明日になったら死んでいますように、アーメン」

そして圭吾も医局を後にした。

昨日の南無阿弥陀仏はダメだったが、今日のキリストはいけるだろう。日本人ってやつは洋風のものに弱いからな。北里さんに会ってから、堀下のオッサンがどうでも良くなってきた。だが、今日もポテトしか食えないんだろうか。俺はピザに目がないんだが。

外は冬の星が散りばめられたような夜だった。圭吾はいつものように星にタバコの煙を吹きかけ、明日の堀下の顔を思い浮かべて笑いを噛み殺しながらレッドハウスへと歩いた。

32　言葉

北里は今日もいつものレッドハウスで上機嫌だ。

レッドハウスは良い店だ。俺が頼んでもいないのに、誰にも迷惑をかけない程度の音量でジミ・ヘンドリックスを流す。そして金曜日ならいつでも真弓を呼び出せる。こいつも暇な女だ。今夜もやって来ている。そろそろ身を固めさせないとな。ただその相手が来ない。

一方、真弓もまたレッドハウスの椅子に座っているがどうも納得できない気分だ。北里先生は私を何だと思ってるんだろうか。もう三週連続だ。私にも予定があるかもしれないのに。友達もいるんだし。いや、友達がいるんだし。

真弓は金曜の夜を不本意に過ごしながら、不満を胸に今夜は北里とビートルズについて語り合っていた。そして話が途切れたと同時に、入り口の扉が開いた。

「よぉ！　圭吾、待ってたよ！」

ポテ里さん、いい加減ポテトは控えませんか？　この姉ちゃんも飽きてるでしょう。今日はピザが食いたい。

「北里さん、お疲れ様です。本当に北里さんなんて呼んでいいんですか？　准教授なんて雲の上の人ですよ」

真っ赤な顔で大笑い。本当に古き良き日本の酔っ払いだ。

「窓際族に気を使うな。それより……」

何だ？　真剣な顔して。

「ひでぇ科だな。真弓から聞いたよ。何かあったら俺のところへ来い。そして……」

こんな険しい顔見たことがないが、どうした？

「バンド結成だ！　圭吾&北里バンドだ！」

だから何だよ、その名前は。

「北里さん、バンド名は変えましょうよ。マスターが入っていないですし」

「しかしよぉ、北里ズっていうのも違うだろう？　響きは悪くないが」

ポテトジジイ！

「もうポテトズでいいですよ」

「悪くねぇな！」

だからどんなセンスなんだよ！

「ポテトズか。ザ・ポテトズ。これでまずは倉木のバンドの前座をやろう！」

この二人、本当にやるんだ！　ポテトズって何なの？　馬鹿？　やっぱり二人とも馬鹿なの？　私たちの前座を務めるバンドがポテトズなんて嫌だな。そして自分たちより存在感のあるバンドが前に演奏するなんて嫌だよ。また、涙が出るのかな。もうあんな思いはしたくない。

「本当にそんな名前で私たちの前に演奏するの？」

姉ちゃん、何をそんなに心配した顔をしてるんだ？　ポテトジジイは言って聞くタイプじゃないだろう？

「そうらしいな。俺の芸名はギターポテトだ。北里さんはドラムポテト。マスターもベースポテトだ」

呆れた。この間の真剣なこの人とは別人だ。

「もう、あなたがどんな人間か分からない」

圭吾は天井のスピーカーから流れる音楽を聴き、真剣な顔をして黙った。そして重く口を開いた。

「三十過ぎた女には興味がない。そういう人間だ」

せっかく会話に参加した真弓は圭吾に背を向けたが、北里は続ける。

「ダッチワイフ、一人置いていけよ」

「気楽に来れますね」

圭吾は素直に笑った。

こいつは本当は無邪気と言っていいほど純粋な男なんだろうな。そろそろ年長者の出番か。

「圭吾よー、付き合う人間を選んでばかりいると不幸になるぜ？」

説教か？　珍しいな。俺も後で助言しておくか。メニューは選ばないと不幸になる。真弓も飲み込めずにいた。

「どういうことですか？」

「圭吾はちゃんと言って許されることと、人を不快にさせることとの線引きが分かってるんだ。そしてその線から少し不快な方に言葉を放り投げる。拾ってくれる人間なら付き合うし、そうでなければ無視する。そんな考え方だな」

真弓が圭吾に目をやると、圭吾は真顔になっていた。

俺は誰彼問わず好かれたいなんて思ったことはなかった。これまでロクな人生を歩んでいなかったが、共感したり同情したりしてくれる人すらいなかったからだ。正直、北里さんや姉ちゃんがよくしてくれるのだって、いくらか居心地の悪さを感じてる。近づかれるのが怖いのかもしれない
「もう少し、気を楽にするんだ。そして真弓、お前もこいつが投げる言葉を拾ってやれ」

私はこの人が悪い人だとは思わないけれど、やっぱり嫌い。わざとかもしれないけど、不快なものは不快だから。

「私が拾ってどうなるんですか？」

北里先生が笑顔だなあ。顔が赤く、笑顔を浮かべる先生。分かった！　まともなこと言うはずない！

「新婦の父ってやつは感動できる。俺が泣ける」

やっぱり。せっかく途中まで格好良かったのに。

圭吾は肩から力が抜けた。俺にアドバイスしておいて、しみったれた会話で終わらせない。ドラムポテトは俺より上手なようだな。さすがはリーダーだ。

圭吾が小さく笑うと、北里は圭吾の肩を叩いた。

33　ビートルズ

今日はペインコントロールの治療のため、真弓は歯科の病棟に足を運んだ。

やっぱり、あの人は今日も電子カルテを真剣に見てる。ペインコントロールの診察だし、病棟だし声はかけていこうか。担当医を無視するのも良くないし、最近あの人も変わったし。病棟だと真面目な一人のドクターの姿しか見せないから、不快なことは言わないだろうし。

「忙しい大学院生だね。ペインの診察に来たよ」

圭吾は顔を上げると簡単に患者について説明し、黙った。

「どうしたの？」

「あんた、ビートルズが好きなんだよな？」

あんたって言った！　いつもの姿に戻った！　そろそろ倉木先生とか呼べばいいのに。

あんたってことは、レッドハウスの私に用事か。北里先生に何か伝えてほしいのかな。電話番号でも交換したらいいのに。ポテト男たちはよく分からないな。

「好きだよ。どうしたの？」

またゴミとか言うの？　わざわざ病棟で。大事なパパとの思い出だよ？　麻酔科の先生の前でなんてことを言うんだ！　って堀下先生も言ってたのに。他科のドクターに嫌がらせするの？

「デイトリッパーは嫌いじゃない」

どうしたんだろう。仲良くしたくなったのかな。この人の言葉はよく分からない。でも意図は分かったよ。

「メンバーに伝えてくるね」

顔いっぱいに笑う真弓を見て、圭吾は言葉に詰まった。そして立ち上がり、背を向けた。

「患者診にいこう」

不器用そうな人だな。でも今日の言葉は少し分かりやすかった。心を開いてきたんだね。私はあなたに心を閉ざしているけど。少しも開ける気はないけど。私たちのバンドにポテトがもう一人か。どうなるんだろう。

一人取り残された真弓も病室へと向かった。

34　ジントニック

実験室の電気は点けたままにしてある。堀下のオッサンはまだ来ないだろう。時間が早いからだ。午後八時。俺がいなくなっても気づかないはずだ。まったく、家に帰らないオッサンだ。家の居心地が悪いのは辛いよな。だけどそんなに准教授室でやることもないだろう。俺がこれだけ働いてるんだぜ？　とにかく今夜は帰るよ。オッサンが実験室のドアを蹴破って怪我でもするように祈りながらな。南妙法蓮華経。そろそろ数珠を買おうか。

圭吾は医局を後にし、自宅に一度帰った。そしてストラトをギターケースにしまった。話しかけながら。

「やっとお前も久しぶりにセックスができるぜ。極上のジャズと、変なポテトのバンドだ。悪くないバンドなんだ」

ストラトが一度笑った気がした。圭吾は重いギターケースと、ファズフェイスなどを入れたエフェクターケースを入れてレッドハウスに向かった。

真弓は自分がレッドハウスに一番乗りに来ていることに首を傾げながら、ジントニックを傾けていた。

誰も来ないなぁ。今日は八時半集合だよね。今もう八時半だけど。

「マスター、ジントニックもう一杯ください」

デイトリッパー。パパと歌ったな。いっぱい抱き上げられた。もう一度会いたい。パパ、いつもはギターがいないバンドだけど、今日はギターが入るんだよ。聴いてくれてたらいいな。私、練習したよ。才能はなかったみたいだけど、人には褒められるくらいになった。パパがいたら抱きしめてくれるかな。

真弓が感傷に浸っていると、圭吾が店の扉を開けた。重たそうにギターと機材を持っている。

やっと来たと思ったらこの人が最初か。何を話せばいいんだろう？　でも、やっぱりギタリストなんだな。機材が多い。そして、そんな重い荷物を愛おしそうに持ってきた。

店に真弓しかいないことに気付き、ばつが悪そうに圭吾は荷物に目をやった。

俺はこの姿を見られて、この姉ちゃんと何を話せばいいんだ？　バカみたいじゃないか。

「マスター、この荷物頼んでいいですか」

「ステージの隅にでも置いておきますよ。エフェクターまで持ってきたんですね。うちにもそれなりにあるのに」

自分の女に突っ込むのは自分のエフェクターだけだ。

「よかったら隣、座ろうか？　三十二歳の女医が一人酒。医療従事者として放っては置けない」

何で三十二歳ってだけで治療されないといけないの！

「医療従事者としてそんなこと言う人は許せません！　何でそんなことしか言えない

の？」

　無視して圭吾は隣に座った。真弓は戸惑ったが、一度ため息をつきメニューを渡した。

「ジントニックとミックスピザ」

「普通女の子の隣に座って勝手にピザを食べ始める？　ポテトさん」

「俺はピザ派なんだよ。本当はピザーズにしたかった。だけどポテ里さんがな」

　ポテ里！　可愛い！　そしてやっぱりこの人は馬鹿だ！

「素敵なネーミングセンスだね」

　圭吾は真弓が息を切らして笑っているところを初めてみた。悪い気はしない。少し遊んでみよう。

「あんた、フライドポテト好きか？」

「苦手」

「ポテトズもそろそろ変革のときだな。時代は変わった。バンド名変更だ」

　笑う真弓を無視して圭吾は真剣な面持ちで続ける。

「もともとおかしいと思っていたんだ。確かにドラムポテトっていうのは名前なのかパートなのかよく分からない」

「ピザーズっていう派閥が出てくるのも自然な流れなんだ」

「解散か、改名か。あるいは……」

　何？　同一人物？

「ポテ里除籍」

もう無理！

真弓は吹き出し、大声をあげて笑った。馬鹿にも程がある。この人、こんなことばかり考えてるの？

「そんな冗談言えるの？」

「俺は真剣だ。ピザが来たから話は食べた後にしてくれ。チーズが冷める」

「ちょっと」

それから圭吾はピザを食べながら二杯のジントニックを飲み干した。真弓がぽかんとして圭吾の顔を見ていることに気づいた。

「どうした？」

どうしたって？　あなたがどうしたの？

「そんな冗談言えるの？　って」

「だから俺は本気なんだって。ピザにはチーズが乗っているが、ポテトには塩しかかかっていない」

また始まった。

「俺は育ちが悪いからな。チーズだの、洋風のものに弱いんだ。ピザとグラタン、ドリアがあれば生きていける」

　実際、俺なんてものは宅配ピザで片付く男だ。

「ホワイトソースみたいなものにも弱くてな。それにチーズがかかっているグラタンとドリアってやつは、ブロンドの白人にしか見えない。ピザに至ってはもう形容できないんだ」

　馬鹿だ。笑いすぎて涙が止まらない。

「今日の冗談、拾っていい言葉だったよ。ありがとう」

　つい口走った。

　調子に乗ったか。久しぶりに人とこんな話をしたな。ただ、俺らしくない。

「自分が一人だけでも幸せに生きられると信じている女が、一人の自分を演出するために飲んでいる酒を邪魔して悪かったよ。最善の治療だったようだ。俺にも全人的医療ができるとは思わなかった」

　全人的医療とは特定の部位や疾患にとらわれず、患者の心理や社会的側面なども含めた個々人に合った総合的な疾病予防や診断・治療を幅広く考慮しながら行う医療のことだ。つまり私を包み込むような医療。わかりにくいかもしれないが、要は馬鹿にされたと言うことだ。

　でもなんか今日はこの人、無理をして口の端を歪めてる気がする。無理して言ったのかもしれないけど、最後のそれは酷すぎるよ。

真弓は背を向けたが、後ろで気恥ずかしそうにしているであろう圭吾に好感をもった。

35 理解

時刻は九時になったが、店内は圭吾と真弓の二人だけだ。真弓は店内の時計と扉を交互に見てため息をつき、時折圭吾に目をやった。

メニューを真剣に睨んでいるこの人は、ピザをもう一枚頼むか悩んでいるんだろう。お昼ご飯が食べれるような職場じゃないのは分かるけど、隣に女の子がいるのに興味はないんだろうか。ポテトズ、解散かな。

「ねえ、九時だけど誰も来ないね」

「何かあったのか？　マスター、何か聞いてますか？」

マスターが含み笑いをして答えた。

「今日の集合は九時半ですよ」

圭吾は首を折った。

「ポテ里さんか。結婚適齢期を過ぎたジャンク品を俺にあてがってどうするつもりだ。ディストーションがついてない」

また私をおまけ扱いした！

「グリコなんてお菓子自体が美味いのにオモチャまでついてるぜ？」

グリコ！　やっぱりこの人嫌い！

「あんた、俺に気はないいんだよな？」

「あるわけないでしょう！」

それなら、気が楽だ。

「あなたみたいなピザにしか興味がない人間がモテると思ってるの？」

「確かに俺はピザが好きだし、今も二枚目を食べようか迷ってる。だがな、結構モテるんだよ」

こんな嫌な人を好きになる女なんているはずがない。

「強がっても格好悪いよ？」

「キャバクラでは女が次々に話しかけてくるし、風俗なんて行けば女が裸になるんだぜ？」

「金銭が発生してるじゃない!!」

もう駄目だ。この人、よく分からない。

「あんたも俺も気がないなら話は早い。静かに座っていればいいだけだ」

「そうだね」

それから圭吾が二枚目のピザを楽しんでいると、真弓が音楽に合わせて体を動かし始めた。

この姉ちゃん、何でこの曲に反応するんだ？

「なあ、この曲は嫌いじゃないのか？」

「たまにこの店で流れてるよ。ブルースは良いよね」

その曲、レッドハウスだよ。ブルース色が強い、ジミ・ヘンドリックスの名曲だ。分かり合えるのか？　それなら、この状況は……。

圭吾は急に照れくさくなったが、曲が流れている数分間は心地良さを感じた。

36　恋愛モノ

「よぉ、圭吾に真弓。ずいぶん早いな」

各科の医局に所属しているドクターたちと北里が酒臭い息を吐きながら入ってきた。みな嬉しそうだ。圭吾はあきれながらも普段通り北里に挨拶をしているが、真弓の方は許せなかった。

こんな人、オマケがあってもいりませんから余計なことしないでください。オマケ扱いするのでも十分酷いのに、勝手に差し出すってどういうことですか。

「久しぶりにピザが二枚も食えましたよ。気にしないでください」

「ちょっと待ってください！　どういうことですか！」

ピザ二枚、隣で食ったのか。楽しい時間を過ごせたってことだな。真弓も怒ってるだけじゃなさそうだ。お前は本当に怒ると帰りかねない。よく一時間も間がもったもんだ。やるじゃないか。

「とにかく座ろう。マスター、ビール人数分と……」

「ポテトはいりません！」

ポテトがいらないってことは、そんなに満足したってことか。いいことだ。飯も喉を通らない程か。真弓に彼氏か。大人になったもんだ。

真顔になった北里が尋ねた。

「圭吾、順調なようだな」

「俺の仕事が順調だったことなんてないですよ」

何で急に仕事の話になるんだ？　あんたはポテトがないと酔えないのか？

「馬鹿野郎、二人の仲だよ」

ああ、しっかり酔ってるな。ポテトなしでもあんたは大丈夫だ。席に座ればいつも酔っぱらってる。特に今日はひどいんだろう？　ここに来る前に飲んでるんだからな。

「一進一退の様子です」

「いつ一進したの!?　一退してばっかりじゃない！」

本当にこの姉ちゃんはからかい甲斐があるな。北里さんがいつも遊んでいる理由もわかる。

「北里さん、俺の方はいつでもパンツを下ろしていいと思ってるんですよ」

「そうか！　いよいよ時期がきたな！」

真弓の顔が赤いのはジントニックのせいではなさそうだ。

「何の時期ですか！　それにパンツ下ろしてどうするの!?」

「これ以上言わせるのか？　俺にも恥じらいがある」

本当に下品なジョークが嫌いなんだな。ほどほどに続けさせてもらうよ。

「男のパンツの中にあるものなんて恥ずかしくて言えるかよ……。分かった。俺も男だ。勇気をだす。愛だよ。真実の愛だ」

その時、北里が机を叩き、真剣に圭吾に注意をした。

「圭吾！　俺の娘にそんなことばかり言うな！」

急にどうした？　やり過ぎたか？

「北里先生、やっと助けてくれるんですね」

「真弓、悪かったな。俺はお前の親父代わりだ。心配するな」

北里は真顔だ。

「圭吾。真弓に彼氏はいないだろう。このままだと四十三あたりで焦り始め、結婚相談所に駆け込む。だが現状で賞味期限も切れかかってる女だ。賞味期限についてはお前も分かっているよな？」

「イカなら美味い時期だと思っています」

!?

「その通りだ。だが真弓は悲しいことに人間だ。このまま行くと、恋愛に縁がないままに歳を重ね、最終的に仏門に入る」

この人より酷い!?

「だから一進一退なんて甘いことを言わずに、早く真弓のハートを摘出して、こいつのズタズタの心臓を縫合してやってくれ」

二人に弄ばれ始めた！　もう許せない！

「何で私の心がズタズタなんですか!?　先生、どうしたんですか？」

「悪い、圭吾が楽しそうだったからな」

北里先生も涙を流して笑い始めた。

「お前さん、圭吾と恋愛なんてどうだ？」

「嫌です。私はやっぱりこの人のこと嫌いです」

俺が嫌いか。子供みたいな女だ。何でこんな女を北里さんは俺に宛てがうんだ？

「北里さん。何で俺とこの姉ちゃんをくっつけるんですか？」

「お前は全く分かってないな。准教授っていうのは忙しいだろう？」

なるほど、面倒を見る暇もなくなってきたってことか。ただ、好きでもない男に女を託すのはよくない。

「映画どころかテレビドラマも観れないんだよ」

そうだろうな。で、どうした？

「お前らが恋愛をしたら、両方から進捗状況が聞けるだろう？　お互いの認識のズレや気持ちのすれ違いまで観察できる。最高にリアルなドラマじゃねえか」

ポテト野郎。自分のためか。

先生。先生がそこまで酷い人だと思いませんでした。レッドハウスに来る暇があるなら、どうか家でひとりポテトを食べながらテレビをご覧ください。一晩あれば、ＤＶＤで映画なんて二本は見れますから。もう来なくて結構です。

うちのバンドもメンバーを探すことにします。ドラムポテト、除籍です。

北里はこれまで見たことがないほどに喜んでいる。

真弓なんて眉間に皺がよってるじゃねえか。圭吾も不服そうだな。どっちが先に口を開くんだ？　その顔なら、真弓か。

「先生！　もう来なくていいです！　今日のライブもなしです！　私歌いません！」

今日のライブか。それは困る。今夜はお前と圭吾が恋に落ちる夜なんだ。

「悪かったよ。真弓はからかい甲斐があるからよぉ。つい調子に乗ってしまうんだ」

二人を見て圭吾は思った。本当に今夜セッションができるのだろうか。

37　ライブ前

　北里さんが何言っても姉ちゃんは無視だ。そして北里さん、自分の首を絞めるようなことばかりいうのはやめろよ。

「真弓、コルトレーンの話をしよう。俺はバラッドが最高のアルバムだと思ってる。ビートルズもリボルバーの曲なんて久しぶりにやりたいな」

　先生、今までの私とのジャズの会話は機嫌を取るためだったの!?　先生なんて嫌い！　ポテ里！

「北里さん、自分から裏目引いてどうするんですか」

　北里が頭を抱え始めた。

「こいつは強情なんだよ。お前、恩師を無視するな！」

「なあ、姉ちゃん。北里さんも悪いけど、三十二にもなって今更何を気にするんだよ」

　今度は人を腐りかけのイカ呼ばわりした人だ！　また歳の話をしてる！

「私、もう帰る！」

　真弓が立ち上がると、北里が強く腕を掴んだ。

「今日帰ると、お前さんはこれ以上歌が上手くならねえぞ？　最近はますます良くなってきたから倉木も天国で喜んでいるだろうが、今夜お前は生まれ変わる。その歌声を聴いたら、翌日は雨だ。倉木が天国で泣く」

「何で私が変わるんですか？」

「とにかく歌ってみろよ」

北里さん、ずいぶん恥ずかしいことを真顔で言っているな。事情を察することは簡単だ。死んだ親父がビートルズを愛してたってとこか。悪いな、親父さん。俺はビートルズのメンバーっていうと、リンゴ・スターしか知らないんだ。そして今夜、俺はあんたに恨まれるだろうな。

38　デイトリッパー

ペインコントロールの診察のときに病棟で、圭吾がデイトリッパーが嫌いじゃないと言ったので、真弓は前もって今日はデイトリッパーをセッションしたいとメンバーに伝えていた。

北里とバンドメンバーが集まり、ひそひそと話をしている。打ち合わせのようだが、真弓はのけものだ。話し合いはすぐに終わり、セッティング中の圭吾に北里が声を張り上げた。

「圭吾！　一番はお前のギターソロにしてやるよ。ただし、『ビートルズ』のデイトリッパーだからな！　真弓も分かったか？」

「はい、大丈夫です」

「圭吾！　くれぐれも間違えるなよ」

やっぱり北里さんには伝わってたか。頼むぜ、ポテトジジイ。

セッティングを終え、ボーカルの隣に立った圭吾を真弓が睨む。

今日は泣いてなんかいられない。泣かせるのはパパで、謝るのはこの人だ！

「いつでもいいぜ、圭吾。お前から入る曲だ」

圭吾は口の端を歪め、ファズフェイスを踏み込みスイッチをオンにした。

「あんた、ジミ・ヘンドリックスがデイトリッパーを弾いてたって知ってるか？」


え？


圭吾が有名なギターリフを奏でると、レッドハウスは狂熱に飲み込まれた。今夜の圭吾は一人ではない。横に真弓がいる。いいボーカルだとは思う。だけどあんたには貧しい人間の歌は似合わないんだよ。もうあんたに嫌悪感は持ってないさ。だけどな、プレイヤーとしてはアクセサリー野郎は叩き潰したくなるもんだ。

圭吾のギターソロは前回よりも凶暴で、切実だった。破滅の紫に一度沸いたレッドハウスだったが、イントロソロの中盤にはもう皆が黙っていた。

あんたらも医者か？　今の俺は見せ物だ。しっかり見て帰れよ。クソな人生を歩んでいる人間にしか鳴らせない音だ。閉塞感をファズでぶっ壊すために弾いてる。俺は俺のために弾いてるんだ。そんなマスターベーションをしてる猿だ。しっかり見てろ、クソッタレ。

暴れ狂う音を撒き散らす圭吾を、北里が支える。

そうだよ、圭吾。その投げやりなギターがブルースだ。お前さんにしか鳴らせない音なんだ。しっかり真弓に叩きつけてやってくれ。あいつは悲しい目にあった。お前さんと境遇は違うが、共鳴できるかもしれないんだ。あいつにはそんな人間が必要なんだ。

圭吾のソロが終わると同時に、北里はクラッシュシンバルを力一杯叩いた。いや、スティックで殴った。この曲は圭吾の付けた色彩と北里というデッサンでできているようだった。真弓には、入る余地はないかのように思われた。

またこの色だ！　ビートルズって聞いてたのに！　なんてソロ弾くの？　もう何もできないじゃない。ボリュームとか音域のことじゃない。私の無色透明の声をバカにしたいの？　ボーカルパートが来たらその紫を引っ込めて、白紙のキャンバスみたいにしてくれたのはわかる。でも、白紙の上に透明を塗っても白のままなんだよ!?

真弓は一度目のボーカルパートに入りそびれた。圭吾がソロの続きを弾いてフォローしたところ、客には気づかれなかった。

あんた、歌えよ。俺の音じゃ歌えなかったか？　これでもあんたの声を少し楽しみにしてたんだ。

圭吾はメロディをなぞり始め、ボーカルパートを真弓に譲った。

私にマイクを渡してくれたの？　歌うよ？

真弓は精一杯歌った。圭吾はギターでコーラスパートを弾いた。

ファズフェイス？　凶暴なのに、優しい音色。私にはテクニックしかないけれど、そんな私をコーラスで支えてくれているみたい。この人と私の音色が合わさるとこうなるのかな。甘えさせてもらおう。

張り詰めたままの緊張感と、幾らかの柔らかさが入り混じったままに曲は終わった。真弓が圭吾の方に振り向くと、圭吾はアンプのボリュームを絞っていた。

「ありがとう」

「何だ？」

「歌わせてくれた」

圭吾にもその言葉の意図は伝わっている。無理して口の端を歪めた。そうしたら真弓は圭吾の顔を覗き込み、口の端を歪めようとした。

「できてる？」

「三十過ぎてアヒルの口か？　気持ち悪い」

圭吾はその場を後にしようとしたが、背中を向けて伝えた。

「あんたのクリーントーンみたいな歌声と、ファズフェイスで作った歪みは相性がいいようだ。悪くなかった」

怒ればいいのかな？　喜べばいいのかな？

北里が真弓の肩を叩いた。

「恋愛ドラマっていうのはこういうものなのか。横で見ている分には、結構恥ずかしいな」

真弓は足元に落ちていたタンバリンで北里の腕を思い切り叩いた。

「もう！　何から言えばいいか分かりません！」

ポテ里先生、除籍だ！

39　見舞い

デイトリッパーを弾いた翌日の土曜日、圭吾は実験を放棄してある病院へと向かった。アルコール依存症に特化した精神科の病院だ。圭吾の母親が入院している。できれば頻繁に顔を見せたかったが、見舞いに行けるような時間は仕事をしていた。来たのはいつ以来だろうか。

アルコール依存症っていうのがどれだけ苦しいものか分からないが、母親が骨と皮でできたように痩せた姿っていうのは見れたもんじゃない。あんたに抱かれ、あんたが作った飯を食ったからな。あんたの作った料理が美味かった記憶は残ってる。小学生の頃まではあんたはまともだった。

圭吾は一食五百円だったニラ玉定食を思い出した。学生の頃に食ってた飯は、ひどい味だった。ニラ玉は、豚肉の切れ端に餃子の残りのニラがからめてあって、卵と炒めてるんだが、味付けが粉末の鶏がら出汁だけなんだ。あんたの弁当でもあれば、もう少しバイトもマシな気分でできたかもな。そう言えばあんたの酢豚は美味かったな。分厚い豚肉が入ってた。

病室にたどり着いた圭吾を見た母親は、やせぎすには変わらなかったが明るい笑顔を見せた。

「圭吾！　来てくれたの？　忙しいんでしょう？」

「見舞いになかなか来られないくらいには忙しい。悪かったな」

二人は談話室に向かった。

痩せ方が少しマシになったか？　精神的にも安定してきている様子だが。

「飯、食えてるか？」

「なかなか難しいのよね。お酒飲んでる間、イカの塩辛とか塩っ辛いものしか食べてなかったからね。病院のご飯は味が薄くてなかなか体が受けつけなくって。栄養の缶ジュースみたいなのも試したんだけど、今度は甘すぎたりして口に合わなくってね。食べられるものがなかなかなくて」

あんたが自分で作った料理なら、もっと食えるだろうのに。

「治ったら俺も実家で暮らす。飯、食わしてくれよ。お袋が作った料理の方が美味いはずだ。食欲が戻ってくる」

やっぱり泣いたか。涙もろい母親だ。

「何が食べたい？」

「酢豚」

それから圭吾の母親は何度も謝りながら泣き崩れた。圭吾は背中をなで続けた。

「治療でなんとかなる病気なんだろ？　ゆっくり治療したらいい」

少しずつ良くなっているようだな。あんたの酢豚と八宝菜は美味いから、作ってくれよ。一緒に腹いっぱい食べたいんだ。家族として強く思うよ。

「圭吾、忙しいんでしょう？　仕事の続きをしてきていいんだよ？」

母親には見透かされるものか。圭吾は小さく笑った。

「ああ。またゆっくり話をしにくるよ」

友達ができたんだ。二人。また来た時に言うよ。

40　墓参り

　同じ頃、北里と真弓は真弓の父親の墓参りに向かうタクシーに乗っていた。

「真弓よぉ。倉木の墓参りに行くのはいいが、さすがに毎月行ってるとお願い事もなくなるぜ？」

「お願い事じゃなくて何かお話ししてきてくださいよ」

「そういうものなのか」

「はい。最近も元気にしてますとか、そういうことです」

「なるほどな」

　今日の真弓はおとなしいな。もう十年以上も毎月付き合ってはいるが、こんな静かな真弓は久しぶりだ。倉木に話す内容は決まりだな。

　二人は線香を立て、墓に向かって手を合わせた。

「よかったな、倉木。お前の娘に恋人ができそうだぜ？　こっちは多分もう秒読みだ。いや、アイドリングしてると言っていい。俺がアクセルを踏めば、ブレーキがないこいつのことだ。特攻隊だよ。相手は歯科の……」

「先生！　パパへの話は黙ってしてください！　そして真面目にしてください！　何であんな人！　もうお墓へは連れてきません！」

本当にこいつはからかい甲斐があるよ。倉木、お前の娘は可愛いやつだな。ところでよぉ、俺もこいつもいい男に出会ったんだ。昨日聴いただろう？　最高のギタリストだ。お前には悪いが、その男のせいでパパ離れかもな。さっきも話したが、もう秒読みなんだよ。じゃあ、また来月な。

パパ、昨日の私を見ててくれましたか？　歌はどうでしたか？　最近知り合った変な人が使っていたファズフェイスっていう音、暴れてたけど優しかった気がしました。私の声と合ってたのかな。初めてその人が演奏するのを聴いた時、私は自分の声をつまらない無色透明だと思ったけど、その人は私の歌声はクリーントーンだって言ってました。すごく嬉しかった。私の歌声にも色があったみたいです。パパ、また聴きに来てね。

「真弓、いつも長いな」

「先生こそ今日はどうしたんですか？」

珍しく北里が青空を見上げた。

「新婦の父を説得してたんだよ」

真弓は北里の腕を叩き、桶を片手に墓を後にした。北里は一度墓を見て口の端を歪めた。

「こんな奴だよ」

そしてずいぶん遠くにいる真弓を追った。

41　疲れ目

実験室では今日も圭吾は顕微鏡を覗いていた。疲れ目か。最近物が二重に見える気がする。複視なのか？　数日で治ってくれれば良いが。

結局その週を通して疲れ目は治らなかった。体温も正常だが。気になるのは、左の頬を押すと鈍痛があるということだ。この複視は眼科疾患なのか？　それとも上顎洞炎か……（上顎洞炎とは、副鼻腔の一つである上顎洞に炎症が起こったもので、臭いがしない・鼻がつまる・鼻水が喉のほうに流れてくる・黄色い粘り気のある鼻水が出るなどの症状がある。歯が原因となる歯性上顎洞炎というものもある）。

圭吾が不安を抱える一方で、真弓は歯科のオペの日、堀下がいつものように圭吾を責め立てているのを眺めていた。

「お前も偉くなったもんだな。ずいぶん週末は帰りが早いじゃないか」

真弓は圭吾が何を言うのかいくらか期待をしながら待ったが、圭吾は無言だ。

私たちのために、仕事を放り出して来てるんだ。笑えない冗談ばかり言う割に、楽しみにしてるんだね。デイトリッパー、すごく良かったよ。パパのお墓でも報告してきた。もっとパパに聴かせたいから、またやろうよ。ファズフェイスとクリーントーンか。あなたと私の相性は悪いけど、音の相性がいいならセッションも楽しいよね。

「神谷！　しっかり筋鉤を引け！　筋鉤の先が揺れている！」

オッサン、複視でものが二重に見えて筋鉤を引っ掛ける場所がよくわかんねえんだよ。

「神谷!!」

その時、圭吾が筋鉤を落とした。

「すみません、疲れ目でものが二重に見えまして」

堀下が圭吾に目をやると、さっきまで寝ていたという風には見えなかった。

「近いうちに眼科に行ってこい」

素直に礼を言う圭吾を見て、真弓は違和感を覚えた。疲れ目で筋鉤なんか落とすかなぁ。物が二重に見える疲れ目なんてないよ。大丈夫かな。

オペ後に圭吾は患者を寝かせたベッドを押しながら思った。眼科か。先週の土曜は無理やり休んで見舞いに行ったが、病院なんて行かせてくれるのだろうか。

42　眼科

土曜の朝になり、圭吾が眼科のクリニックに行くために家を出ようとしたところ、電話がなった。堀下からだった。

「神谷！　緊急の用事がある！　急いで医局へ来い！」

「今日は眼科に行こうと思ってたんですよ」

「お前の目より患者だ！　早くしろ！」

何があったんだ？　緊急オペか？　今日の俺に助手は務まらないが。

圭吾は歯科の医局につくと急いで准教授室の扉をノックした。

「おう。神谷か」

えらく静かだな。どうした？

「何かあったんですか？」

「ああ。うちの病棟の患者が一人、うがい薬を切らしているそうだ。処方して来い」

それだけか？　ああ、俺を眼科に行かせないためか。

「わかりました」

分かったよ。あんたが疑っている複視、物が二重に見える原因の中に、最悪の可能性が一つ含まれてるってことだろ？　そしてそれはうちの科にとっては、症例が増えるチャンスだから、耳鼻科に回されると困るんだよな？

圭吾は病棟に向かい、うがい薬を処方した。諦めた圭吾は堀下に頼む他なかった。

「堀下先生、月曜に診察してもらえませんか？　複視と左頬の圧痛があります。体温は正常です」

堀下が圭吾の肩に手を乗せた。

「任せろ。お前は俺が面倒を見てやる」

あんた、疲れ目程度であれを疑ったのか？　名医だよ。さすが准教授だ。

43　診察

歯科の診察室で、堀下は診療用チェアの上に寝ている圭吾の口腔内を覗いていた。

「左側上顎歯肉に潰瘍があるな」

オッサンのこの顔、ほぼ確定だな。

チェアを起こし、堀下は圭吾の首を触り診察した。リンパ節がある首の各部位を触っている途中、一カ所で手が止まった。そしてまた手が移動していった。

外科医の顔だ。手が止まったってことは一つ目のリンパ節転移か。

チェアが起こされ、圭吾と堀下は向き合った。

「神谷、画像検査と生検の予約を入れておく。俺の再診と合わせて予約を取ってこい」

生検。癌が疑われる部分の一部を切り取り、癌細胞の有無を顕微鏡で確認する検査だ。

「今日は優しいですね」

つい口走った。また面倒な仕事を押し付けられる。しかし堀下は笑顔を見せた。

「癌患者は貴重だからな。一人でも多いと助かる」

上顎洞癌疑いか。上顎骨内のほら穴の中で増大していく癌だけに、進行してから見つかることが多い。潰瘍、圧痛、複視。だいぶ悪い条件が揃っている。生検の結果次第で俺はこいつらのモルモットだ。

44　生検

歯科用チェアのところに堀下が子飼いにしている医局員がやってきた。俺を家畜に陥れた元指導医だ。無言で局所麻酔の準備をしている。圭吾はその歯科医の顔を見たが、目をそらされるばかりだ。

「しっかり俺の癌、検査してくださいね」

「当たり前だ。あと癌と大声で言うな。他の言い方で呼ぶのがうちのルールだろう」

わざとだよ。クレブスなんて洒落たドイツ語を使う気になれない。俺を歯科の五年生存率（主に癌の治療成績を測るための医学的な指標で、診断から五年経過後に生存している患者の割合を示す）に入れたいんだろ？　五年一ヶ月くらい生かして。五年経てば成功例にカウントできるからな。それにしても、よくまあ一年目を嵌められたな。その割にはあまり出世していないようだが。生検なんて三年目の仕事だろ？　あんた何年口腔外科にいるんだよ。

「神谷、検査は終わりだ」

圭吾は無言で診察室を後にした。

おそらく俺はここで死ぬ。裏口に霊柩車が出入りするゲートがあるが、俺はそっちから帰るんだろう。ツキに見放された人生なんて言いたくはないな。最近は良いボーカルとドラマーに出会った。それで十分だ。

45 再診

一週間後、画像検査と生検を終えた圭吾は歯科の診察室へと向かった。廊下を歩きながら、朝の堀下の嬉しそうな表情から、結果を予想することは容易だったが。

歯科用チェアに座った圭吾に、堀下は一度笑いかけて説明を始めた。

「左上顎洞癌だ。患側の頸部リンパ節に転移が一つ。残念ながら遠隔転移はないようだ」

そしてＣＴの画像を圭吾に見せた。

眼窩底浸潤か。それにしてもでかいな。そしてリンパ節転移。上顎洞癌の五年生存率は確か三〇～五〇％程度だったか。

「心配するな。眼摘もしてやる。今後は歯医者として生きていくのは難しいかもしれないが、医局の仕事は用意してある。立派に医局員として残れるようにはしておいてやる」

堀下は高笑いしている。

「治療方針はオペとケモラジ（化学放射線療法）だ。質問はないよな？」

質問はあるさ。あんたにはモラルってものはないのか？

「早くオペの予約をして来い」

腹を括ろう。「何かあったら俺のところへ来い」なんて言ってた「オペの鬼」を知っている。あの人のところで死ぬのなら、後悔もマシになるはずだ。

「両親と相談してから予約を取ります」

「勝手にしろ！　入院中も事務作業をするんだぞ！」

圭吾は無視して診察室を出て医局に戻った。そしてライダースに袖を通し、病院を後にした。

向かった先は母親が入院する精神科病院だ。圭吾が母親の病室に行くと、母親は眠っていた。

寝ててくれて良かった。次にあんたの顔を見るときは、俺の顔は半分なくなっているはずだからな。あんたの顔を見ておきたかった。またしばらく顔は見せられない。あんた、また酒を飲むだろう？　せっかく精神状態が安定してきたんだ。刺激は避けたい。

「圭吾でしょ？　いるのは分かってるんだよ」

「何でだよ」

「母親だから。母親らしいことなんてしてこなかったけどね」

圭吾はため息をついた。

「お袋のせいじゃない」

何を話せばいい？　息子が癌ですって聞いて落ち着いていられるか？　元気そうで良かったとでも言って帰ろう。

戸惑う圭吾に母親が尋ねた。

「何か悩んでいるの？」

「別に何にも悩んでいない」

「悩んでない子が平日に親のところに来る？」

敵わない。そして、昔の優しいお袋だ。なあ、俺死ぬかもしれないんだ。

「落ち着いたらまた来るよ。元気そうで良かった」

圭吾がそう言い背を向けると、母親が止めた。

「待ちなさい！」

どうした？

「誰か頼れる人はいるの？」

北里さん。

「ああ、いるよ」

「良かった。お母さんにできるお礼なら何でもするから、今はその人に頼りなさい。こんな体だから今は何もできないけど、きっとご挨拶はするから」

何か知ってるのか？　いや、そんなはずはない。母親の勘は恐ろしい。あの人が喜ぶことか。物や手紙で喜ぶ人じゃないな。

「お袋が元気になることが、一番の礼になる。挨拶の菓子折なんか突き返す人だよ」

「圭吾、良い人なんだろうね。お母さんが料理をできる体になったら一度仕事を休みなさい。そして帰ってきてご飯を食べて、少し眠りなさい。寝不足が顔に出てるよ」

「ああ。考えておくよ」

圭吾は母親に背を向け、病室を出た。死の影がちらつき始めた頃に、母親が元に戻っていく。もう一度料理を作ってくれないか？　分厚い肉が入った酢豚。ピザより好きな数少ない食いもんなんだ。

46　クリスマス

毎年陽気な気分にはなっていないが、今年は特に憂鬱なクリスマスだ。ただ哀れなのは俺だけでもないようだ。サンタの帽子を被って歌っている三十路アイドルと、トナカイの被り物を付けている独身六十路。あっちも見てられない。クリスマスイブを盛り上げようとしてくれているのだろう。今日は特に選曲が明るい。

「クリスマスイブ、楽しんでますか？」

姉ちゃん、あんたこそ楽しんでたらここにはいないいんじゃないか？　客もほとんどいないじゃないか。

「次はジャズアレンジでクリスマスソングをやっていきます」

目が見えなくなりそうだ。涙のせいで。なんて不憫な親娘だ。

ステージ上の真弓の目に圭吾が映った。クリスマスに相手をしてくれる人もいないんだね。結局私たちのところに来て、照れ屋なのかな。本当によく分からない人だ。そんなに寂しかったら飛び入りで弾いていく？　あなたくらい上手なら、アドリブのソロだって弾けるよね？　真弓は圭吾にだけ分かるように手招きした。

今、俺は呼ばれたよな？　あんたに用事はないんだよ。圭吾は真弓の手招きを無視した。

演奏を終えた二人がボックス席に着くと、圭吾はカウンター席から北里を眺めた。

「圭吾！　いつになったらそのよそよそしい席に座るのをやめるんだ！　こっちに来いよ！」

今日は打ち上げに参加しに来たわけでも、ギターを弾きに来たわけでもない。

「北里さんに話があるんですよ」

北里はボックス席から立ち上がり、カウンター席に座った。

「お前のその深刻な顔、恋煩いというやつか。年長者の出番だな」

本当に困った人だ。

「真弓も呼ぶか？」

だから話させてくれ。

「どっちでもいいですよ」

北里が真弓を呑気に呼び始めた。

「おーい、真弓も来い！　いまいち恋愛の進め方っていうのはよく分からないからな」

「先生！　進めなくていいです！」

「とにかく来いよ。ボックス席で一人酒なんて、サンタにさらわれて誰かにプレゼントされるぜ？」

渋々真弓が席についたところで、話が始まった。

「で、お前さんも真弓に惚れた訳だ」

「真面目に話させてください」

北里の表情が怪訝なものに変わった。圭吾は一度ため息をつき、静かに話し始めた。

「俺、左の上顎洞癌なんすよ」

北里は真顔になった。

「T3N1M0です」

二人が静まった。T3N1M0。TNM分類と言って悪性腫瘍の病期分類に用いられる指標のひとつだ。T（tumor：腫瘍）は腫瘍自体の大きさと進展度を示し、T1からT4までの四段階に分けられる。N（nodes：リンパ節）は腫瘍から繋がるリンパ節、所属リンパ節への転移状況を示す。転移のないものをN0とし、第一次リンパ節、第二次リンパ節への転移、周囲への浸潤の有無からN3までの段階に分ける。M（metastasis：転移）

は遠隔転移の有無を表す。遠隔転移がなければM0、あればM1となる。圭吾の癌の状況を表した分類で、眼窩内に癌が広がっていて、左の首のリンパ節に3cm以下の転移があり、遠隔転移がないことを北里に告げた。

この人が癌？　笑えない冗談ばかり言うけど、こんな冗談は言うはずがない。T3？　かなり癌に破壊されてるってことだよね？　リンパ節転移って、オペも結構大きなものになる。何で呑気にこんなところにいるの？　私たちなんて病院でいくらでも捕まるのに。

「圭吾、CTを見たか？」

「はい。眼窩底に浸潤してますからね。眼球摘出は必須だと思っています」

二十八で眼摘だって？　お前さん歯医者だろう？　今後細かい処置ができなくなるじゃないか。それにしてもずいぶん落ち着いているな。気持ちの整理がついたってところか。

「堀下のオッサンが喜んでますよ。症例が増えたって」

「本当にクズなんだな」

圭吾は北里に向き合った。

「北里さん。俺の癌、切ってください」

「どういうことだ？」

「『オペの鬼』に、信じてる友達に、切ってもらえるなら死んでも後悔はないです」

わざわざそんなことを頼みに来たのか？　別に電話一本でも良かったんだぜ？　可愛い友達だ。

「眼球はどうする？」

「いりません」

「目玉がなくてもギターは弾けるってとこか？」

圭吾が素直な笑顔を見せると、北里は優しく笑った。

「うちの医局員は精鋭揃いだ。悪いがそこらの科とは違う。全員俺が直に指導したからな」

圭吾が安堵し、弛緩したところで肩に手を回された。

「明日カルテを見ておいてやる」

「北里さん、先生と呼んだ方がいいですか？」

「圭吾。珍しくつまらないことを言ったな」

静かに笑った北里は真弓に目をやった。表情がない。

「真弓、何て顔してるんだ。お前さん何年目だよ」

「先生、大丈夫なんですか？」


大丈夫なんですか!?


「素人みたいな台詞はよせ！　自分で圭吾のカルテを見ておけ！」

北里の表情は真剣なままだ。

「圭吾、お前は癌患者を励ます言葉を知ってるか？」

「知りません。分からないままです」

「俺もだ。おそらくな、ないんだよ。だからお前は正解だし、言葉は全部気休めだ。だが言わせろ。諦めるな」

絶望と苦しみの中で治療を受ける癌患者。なってみて分かりましたよ。気休めでも、真剣な言葉なら十分救いになる。あなたの下で学びたかった。

47　カルテ

「まだ二十代だぜ」

圭吾のＣＴ画像を電子カルテで見た北里はつぶやいた。それを聞いていた耳鼻科の若手医局員がたずねた。

「どうしたんですか？」

「佐藤か、気付かなかった」

「ずっと隣に座ってましたよ。久しぶりに険しい顔でカルテ睨んでますね。レッドハウスでそんな顔したら客がいなくなりますよ」

「心配するな。優男のお前がいたら大丈夫だ。女の客は残る」

二人は笑い合ったが、長くは続かなかった。

「お前さんならこの患者をどう治療する？」

「なかなか進行した上顎洞癌ですね。眼窩底浸潤ですか。オペが上顎骨全摘、眼摘、頸部郭清、あとは皮弁による再建術ですね。術後は抗がん剤にシスプラチンを使用したケモラジを行います。超選択的動注法（腫瘍に血液を送る動脈に直接抗がん剤を少量ずつ流し、放射線療法を併用する治療）も検討していいかもしれませんが、今のところエビデンスが不十分ですので積極的に勧めることには抵抗がありますね。あとは抗がん剤にシスだけではなくＳ‐１（抗がん剤であるＴＳ‐１の開発当初の名称）を乗せるデータもあるようですが、副作用を考えるとケモラジを完遂できないリスクの方が高いと個人的には思います。シスプラチンだけでも顎顔面領域のケモラジは地獄ですから。すみません、先生相手にさっき言ったオペにシスのケモとラジエーションで治療します」

相変わらずよく勉強する兄ちゃんだ。研修医の時から俺にべったりだったが、最近は病院で顔を合わさなかった。優男が色気付いたのかと思ったが、論文を読み漁っていたのか。

「先生、誰のカルテですか？」

「新患だよ」

佐藤は患者の氏名に気づいた。

「先生！　この人、レッドハウスでギター弾いてた人じゃないですか！」

「ああ、歯科のドクターで友達だ」

言葉に詰まった佐藤に北里は優しく声をかけた。

「片目でもギターは弾けるよなって聞いたらあいつは笑ってたぜ」

「歯科の患者になってますよ？」

「顎顔面領域はどこの科が切る？」

佐藤が笑顔を見せた。オペの鬼。北里先生しかいない。

「でもどうするんですか？」

「ぶんどってくる。あんな科で治療したら死ぬだろう？」

佐藤のため息は深かった。

「先生、教授の許可は取ったんですか？」

「いらねえよ。こういうのが俺の美学だ。大損しても美学を貫くっていうのは悪くない」

笑い始めた北里に佐藤も笑顔を見せた。

「僕も受け持ちますよ。本当にはぐれ耳鼻科医人情派ですね」

「俺がいつはぐれた」

笑い続ける北里に一礼し、佐藤は部屋を出た。

北里先生、顎顔面領域を切るのはオペの鬼、先生がいる耳鼻科ですよ。

北里はまたＣＴを眺めながらつぶやいた。

「まだ二十代だぜ」

さて、圭吾には堀下に話をつけてくるよう言ってあるが、無理だろうな。怒鳴られて帰ってくるだろう。そうしたら俺の出番だ。准教授同士なら同じ貫目だ。それなりに話し合えば何とかなるだろう。それにしても昔から目障りだったが、面倒な診療科だ。

48　二人の准教授

圭吾は准教授室で堀下と睨み合っていた。

「親との話し合いは終わったか？」

終わったよ。お袋に言われた。頼るのはあんたじゃない。

「ええ」

「ずいぶん反抗的な目つきだな。どうした？」

オッサン、歯医者ができないならあんたを恐れる理由なんてない。

「俺のオペなんですけど、耳鼻科にやってもらいます」

北里さん、頼れるのはあんただけだが、命を預けて後悔しないのもあんただけだ。こいつのオペは散々見てる。見て学ぶものがないから俺は寝てたんだ！　何とでも言え、クソッタレ！

「お前みたいな将来のないヤツは、うちの症例としてカウントされた方が世のためだ！」

「俺は耳鼻科の北里先生の症例にならば喜んでなってやる！　たとえ三日で死んだとしても

な！」

下腹部に鈍痛が走った。蹴りが入れられた。

「うちの医局のために経過観察の五年が終わったら死ね！　これ以上話すことはない！」

圭吾は背中を殴られ、部屋から叩き出された。

それから圭吾は北里に院内のＰＨＳで連絡した。

「ダメでした。蹴りと怒声が飛んできただけです」

しばらくの空白の後、声色が怒りに満ちた北里に尋ねられた。

「蹴りだって？」

北里さんの声か？

「ええ」

「待ってろ！　すぐに行く」

来るのか？　他科の医局に乗り込むのか？　いくら准教授でも、いや准教授だからこそそれは危ない。何かあったら大問題だ。状況を考えると北里さんが処分される。

しばらくするとシャツの上にボタンを開け放して白衣を羽織った北里が現れた。こんな険しい顔は見たことがない。

「堀下の部屋はどこだ？」

「行くんですか？」

「当たり前だ」

待ってくれ。あんたを犠牲にしてまで生き残りたいとは思ってない。黙って死ぬから待ってくれ。

「堀下の部屋は⁉　お前！　とっとと案内しろ！」

心配しても無駄だ。圭吾は静かに堀下の部屋へと北里を案内した。部屋の前に着くとすぐに北里は扉を荒々しく叩いた。

「耳鼻科の北里だ！　開けるぞ！」

北里さん、そこまでしなくていい！　せっかくあんたは雲の上まで昇ったんじゃないか！

北里は勝手に堀下の部屋に乗り込んだ。圭吾は外で会話を聞いていた。

「耳鼻科の北里だ。神谷の件で来た」

「ああ、あいつは歯科で見ますよ」

堀下にいつもの勢いがない。

「お前の下手くそなオペと、カスみたいな医局員で何ができるんだ⁉」

北里が壁を叩いた音が響いた。

「北里先生、これは教授も知ってのことですか？」

「何だ？　くだらないことを言うな！　俺の一存だ。下手なオペに下手って言って何が悪い！」

「問題ですね。私から教授に報告しておきます」

北里の口調が一層荒くなった。

「そんな報告をするくらいなら教授に伝えろ！　教授からでもお前からでもいい！　神谷の紹介状を書け！　俺宛にだ！」

北里が部屋を出た時、圭吾は呆然としていた。

「圭吾、行くぞ」

後を追ったが何も言葉はかけられなかった。

北里さん、そこまでしてもらうつもりはなかったんだ。俺はどうしたらいい？　頼れるのはあんたしかいなかった。だがあんたをここまでの危険に晒すつもりはなかったんだ。

生きたいと願ったのが悪かった。

「圭吾。お前さんの人生が長いとは言い切れないが、毎週セッションができる人生が続くって言うのは悪い気分じゃないな。治療は苦しいが、耐えてくれ」

「分かりました」

北里さん。准教授の地位を危険に晒してまで救う価値が俺にあるのか？　俺の取り柄なんてギターが弾けるくらいだ。ただそれだけの男に、なんでこんなことを。俺はどうしたらいいんだ？　あんたの前でギターを弾いてたらそれでいいのか？　いや、それが最高だって言いたいのか。生き残って、ステージに立つよ。俺もあんたのドラムが好きなんだ。

治療、完遂するよ。

49　金曜日

「圭吾、帰るぞ」

「はい」

　二人は静かに歩いた。先に口を開いたのは北里の方だった。

「ジミヘンってのは本当に格好良いな。俺も最初に手を出したのはギターだったんだよ」

　さっきまでの北里さんの声と違う。いつもの北里さんの声だ。そして、何気ない二人の会話だ。どうした？　俺に気を遣ってるのか？

「どうにも才能がなかったけどな。だが友達がやってるドラムを試しに叩いてみたんだ。そしたらいきなり8ビートが叩けた。結構速い曲でも、フィルまで入れられたんだぜ？　お前はどうだった？」

　圭吾は前を歩く北里の背中に語りかけた。

「初めて買ったギターは一万円のゴミギターでした。わけもわからず遊んでたら、聞いたことのあるハードロックのリフがすぐに弾けました。速弾きに手を出したのは半年後からです。その頃に教則本を楽器屋で手に入れて、あとは早かったですね」

　圭吾に背を向けたまま北里が笑う。

「俺たちは天才だったたって訳だ」

こんな会話を、歳をくっても続けたい。北里さんの治療、完遂する。ただそんなことよりさっきの件だ。

「堀下のことですけど、大丈夫なんですか？」

今度は北里は怪訝な顔をして振り返った。

「何がだ？」

何がって、他科に殴り込んだんだ。処分されるに決まってる。

圭吾が考えていることなど北里は手に取るように分かっている。

「俺は三つの名前で呼ばれているんだ。そのうち一つが『暴れん坊将軍』だ。次のあだ名が増えたら面白いな。お前、何か付けてくれよ」

だから、何でそんなに肝が据わっているんだよ。俺はふざけていいのか？　いや、ふざけて欲しいのか？

そう思っていた圭吾だが、あだ名が一つ、自然に口から出た。

「相棒」

こんな上の先生に付けるあだ名じゃない。

「お前さんしか呼べないじゃないか。センスがないな、相棒」

涙が出た。

「北里さん！　准教授ってのがどれだけの立場か、雲の上の地位かって、なったあんたが一番分かってるんでしょ!?　何で俺なんかのためにここまで！」

北里は振り返り、笑顔を見せた。

「ギタリストのお前さんは俺の相棒だぜ？　相棒を放ったらかして保身に走るなんて、美学に反する。俺のもう一つのあだ名は『はぐれ耳鼻科医人情派』だぜ？　この辺りのことが、俺が……」

どうした？

「教授になれない理由なんだろうな。俺が教授になると耳鼻科が潰れる」

北里が一人で大きく笑い始めた。しかしすぐにいつもの顔に戻った。

「なあ、圭吾。腹は減ってないか？」

ポテトか。そんな気分にはなれないが、この人と一緒なら仕方ない。今日は我慢しよう。

「ミックスピザ、奢ってやるよ」

どうした？　ポテト以外にも北里さんに食えるものがあったのか？　てっきりジャガイモが主食の生き物だと思っていたが。まあ、上顎洞癌は術後に鼻と口が繋がって食事を摂ることに大きな制約を受ける。気を遣ってくれたんだろう。さすが耳鼻科医だ。

「なあ、圭吾。真弓はどうだ？」

またからかうつもりか？　ただ、今日は嘘はつきたくない。あの姉ちゃん。クリーントーンのボーカル。

「一緒にやりたい曲があるんですよ」

「次は何で自信を失くさせるんだ？」

笑う北里を尻目に圭吾はラッキーストライクに火をつけ、偽悪的に煙を吐き出した。

「ミニー・リパートンの、ラヴィンユー」

「一本くれよ、圭吾」

北里も煙を吐き出し、口の端を歪めた。

「恋愛ドラマか？」

「歌声が気に入っただけですよ」

北里が大きく伸びをした。

「十分だ。それで十分だ」

二人はタバコを片手に、夜の寂れた飲み屋街を歩きレッドハウスに向かった。

50　耳鼻咽喉科教授

数日後、圭吾は耳鼻科に紹介され、教授の診察を受けることになった。

北里さんを飛び越えて教授か。何かあったのか？　あの日から北里さんに会ってもいないし、無事だろうか。暴れん坊将軍だなんて言っていたが、ものには限度がある。他科の准教授室に殴り込みだ。そして啖呵を切って帰った。もしかして北里さんが処分されて教授の診察ということだろうか。

「神谷さん、１番診察室にお入りください」

　圭吾が診察室に入ると、温厚そうな五十代半ばの医師が診察用チェアの横に座っていた。教授か。優しそうな人だが、北里さんは大丈夫なんだろうか。

「神谷先生ですね？」

「はい」

　教授は笑顔をみせ、話し始めた。

「北里が迷惑をかけたね」

「迷惑なんて。感謝の気持ちでいっぱいです。こちらこそ、ご迷惑をおかけしました」

　教授の笑顔が真顔になった。

「北里には困らせられるよ。あの男はいつもこうだ」

「北里先生は……」

　真っ直ぐに目を見つめられた。強い意志のこもった目だ。

「心配いらない。僕は北里という男を信頼している。彼は僕が守る。神谷先生は治療に専念するといい」

　安心した。俺を庇ってあの人に迷惑をかけるなんて、不本意もいいところだ。そう思っていると教授は顔いっぱいに笑顔を見せた。

「次は主治医の話だけれど、彼が主治医だ。担当医はもちろん他にもつけるけどね」

　准教授が主治医？　うちの科では講師以下が主治医を務め、准教授以上は執刀医をするだけだ。なぜだ？　教授は失笑しているけれど。

「顔に出る男だよ。分かりやすいね。だから命令しておいた。神谷先生の主治医になるようにと。これは指示じゃなくて命令だと言ったら、うつむいていた彼の顔が輝いた。笑いを堪える方が大変だったよ」

「ありがとうございます」

「それじゃあ治療方針だ。もっとも君は僕たちと同じ領域を治療する外科医だ。専門家を相手にしていると思って話をしていくよ」

その後、教授は淡々と治療方針や予後を説明した。最後に教授は、何か言いにくそうな表情になった。

「僕も一言、君に伝えたいことがあるんだ」

これ以上聞くべきことは無いはずだが。教授はまた真顔になった。

「北里が友達を救うために今回した行為は僕も正義だと思うし、これが彼の人道ってやつなんだ。耳鼻科の正義は彼で成立していると言っても過言ではないんだよ。だから僕は彼を守るんだ」

人を救うために自分の身の危険を顧みない。うちの科にはそんな考えはない。それにしてもこの教授、さすが北里さんのボスだ。教授回診で顔を合わせると思うが、その時は勇気をもらえそうだ。生きる勇気、治療を完遂する勇気を。

「よろしくお願いします」

圭吾は深く頭を下げ部屋を出た。

51　入院

年が明けてすぐに、圭吾は大学病院に入院した。大部屋で良いと言っていたが、知っている患者と顔を合わせるかもしれないということで個室になった。

「眼摘か。片目になってもギターは弾ける。そして、相棒もいる。あまり望むとバチが当たる」

するとドアがノックされた。

入ってきたのは少し年上の若手医師だった。ずいぶん整った顔立ちをしている。

「こんにちは。担当医の佐藤です。これからしばらく一緒に頑張っていきたいと思っていますので、何かありましたら何でも言ってくださいね」

物腰の柔らかい口調に、優しい笑顔。理想の医師に見えた。

「よろしくお願いします」

「北里先生ももうすぐ来ますから、後でムンテラをしますね」

ムンテラとはドイツ語の「Mund Therapie」から派生した略語で、医者から患者や家族に対して、現在の病状や今後の治療方針などを説明することを言う。近頃ではインフォームドコンセント（ＩＣ）と言われているものだ。つまり手術の説明を受けるということだ。北里さんも忙しいだろうに。

52　ムンテラ

ドアがノックされた。今度は看護師だった。自己紹介を聞いたところ、耳鼻科の看護師長らしい。ずいぶん待遇が良い。

「神谷さん、先生から説明があります」

面談室に通されると、北里が座っていた。

「よぉ、圭吾。色気のない部屋だが我慢してくれ」

「面談室にジミヘンが流れてたら患者の信頼を失いますよ」

対面に座る圭吾に北里は小さく笑いかけたが、圭吾は言葉に詰まった。強がるなよ。お前さんらしくない。不安なんだろう？　それは仕方ないことなんだ。これからのことは、お前さんも十分に知っているんだからな。

「圭吾、不安や苦しみは言葉にしろ。俺に気を遣うな」

北里さんにはお見通しか。怖いさ。今まで何人も癌患者を見てきた。悶え苦しんでいた。平気な顔をしていた人などいない。そして、北里さんの言葉は正しい。苦痛は訴えなければばならない。対処してくれるのは担当医だけだからだ。

「すみません」

圭吾の体から力が抜けたのを見て北里は安堵した。

「お前さんはこれから俺たちと一緒に戦うんだ。先頭で傷を負うのがお前さんだ。俺たちは横で傷を癒すことしかできない。分かってるよな？」

圭吾がうなずくと、北里の表情が医者の顔に変わった。

「さあ、説明を始める」

師長が北里の隣でノートＰＣを開き、記録をとる準備を整えた。

「圭吾、ＣＴを見てくれ」

モニターに映したＣＴの写真を三人で眺めた。

「左の上顎洞から眼窩底と歯肉に浸潤している。上顎骨は摘出しなければならないが、眼球をどうしても残したいという希望はあるか？」

「残してくれなんて言ったら、殺してくれって言ってるのと同じだ。北里さんの治療成績が下がるだけですよ」

北里は力が抜けた。せっかく医者の顔をしたのに、とぼけた答えだ。

「何でお前が俺の治療成績を考えるんだ。眼摘に同意するということだな？」

「ええ。回りくどい話はなしで良いですよ。うちもオペをしています」

「お前さんよぉ、形式上しないといけないんだ。師長もいる。それらしい顔をさせろよ」

北里はまた表情を医者の顔に戻した。

「左頸部リンパ節に一カ所リンパ節転移がある。頸部郭清も必須だ。お前さんが受ける手術は、腫瘍切除術、左上顎骨摘出術、左頸部郭清術、左眼球摘出術だ。創部は腹直筋皮弁で再建する（腹筋を切り出し、創部を覆う）。眼球摘出に伴い、義眼床手術も予定している。術後数日はＩＣＵ（集中治療室）での管理になる」

圭吾は黙って頷いた。

「術後の化学療法にはシスプラチンを使用する。60グレイの放射線療法と合わせて、副作用の程度は知っているな？」

60グレイ。グレイというのは放射線の線量の単位だ。この量なら十分に癌細胞を焼き尽くせる。もっとも口腔内も爛れるだろうが……。

「同意書ください。サインしておきますから」

「お前さんよぉ、まだ話は終わってねえんだ。まだＮＧチューブ入れるかとか栄養の話もあるだろ？」

「ＮＧはちょっと嫌です。エンシュア（栄養剤）で耐えますよ。駄目だったらビーフリ（５００㎖あたり２１０㎉の糖・電解質・アミノ酸・ビタミンＢ１が入った点滴）でつないでください」

圭吾の表情は柔らかだ。

「もう俺の命は北里さんに預けてる。耐えますよ。全て同意します」

師長が恐る恐る同意書を圭吾に差し出した。簡単すぎる説明だからだ。しかしその同意書のすべての署名欄に圭吾は乱暴に名前を書き、印鑑を押した。

「麻酔科の担当医は真弓だ。この後入ってくる」

「分かりました。素敵なご挨拶ができるようにしておきますよ。ところで……」

どうした？　何か説明に漏れがあったか？

「よろしくお願いします。心から信頼してます。北里先生」

けじめか。だが、俺はあまりそういうのは好きじゃないんだ。

「馬鹿野郎。仕事以外の付き合いもあるんだ。北里さんと呼べ、相棒」

北里は立ち上がり部屋を出た。

次のノックの後に真弓が入ってきた。

「調子はどう？」

「変わらない。違和感を覚えてから日が浅いからな」

「そう」

あれ？　この人に質問を投げかけて、まともに返ってきたことってあったかな。きっと下品な冗談が返ってくると思って構えてたのに。

「個人的な話は後で病室に行くから、ここでは全身麻酔の説明だけにするね」

この姉ちゃんなりに話はあるんだな。俺のことは嫌いじゃなかったのか？　素直で、良い姉ちゃんだ。ありがとう。

真弓はムンテラを機械的に済ませ、圭吾も何も言わずにサインをした。

「もう病室に戻る？」

「ああ」

真弓は院内のＰＨＳを取り出し、話を始めた。電話を切ると圭吾に笑いかけた。

「私も行くね」

どうした？　耳鼻科のオペっていうのはやけに手厚いな。

二人は廊下を静かに歩いた。真弓は個人的な話とは言ったものの、話題を持ち合わせていない。それは圭吾も同じだ。真弓は話題を探したが、やはり音楽のことしか思い付かなかった。

「デイトリッパー、ケモが終わったらやろうね」

「そうだな。包帯をたくさん用意しておいてくれ。おそらく酷い顔だ」

何て答えたらいいの？　笑える訳ないじゃない！

「北里さんはオペ中もあの調子か？」

「見たことないよね？　当たり前だけど。あの調子どころじゃないよ。アドレナリンが全開なんだと思う。私に『ときどき結婚してるか？』とか『お見合い写真を新聞に挟んで配ろうか？』とか言うんだ。麻酔科医に話しかける外科医がいる？」

どのオペにも余裕で臨んでいるってことか。上手い外科医なんてそんなもんだ。北里さんみたいなタイプがいるのはよく聞く話だ。麻酔科医にまで話しかけるという話は聞かないが。圭吾は小さく笑った。

「伝わったよね？　オペの鬼の余裕」

「ああ。安心したよ」

病室についた圭吾はベッドに座った。真弓にパイプ椅子をすすめると、静かに首を左右に振られた。

「カーテン、開けようか？　今日は晴れるって天気予報で言ってたよ」

薄明るい部屋。二つの目で見れる最後の光。

「頼む」

窓の外は青く、澄んでいた。片目で見る光はどうなるのだろうか。いや、俺の目で光を見られる時間は後どれだけ残っている？　圭吾の顔が曇った。

急に悲しくなったの？　昼の光のせい？

「何を思ってるの？」

圭吾が初めて震え始めた。

「怖いの？」

「ああ」

何て言えばいいんだろう？　真弓は黙った。しかし圭吾はそんな真弓の気持ちを察した。

「かける言葉がないだろう？」

「うん」

「簡単にそんな言葉が見つかるなら、あんたらの緩和ケアはいらないはずだ」

私は、患者の気持ちを心から考えようとしていなかったのかもしれない。

「別に責めようとした訳じゃない。あんたが……」

ここにいるだけで十分だ。

「脱いで歌えば癒される」

何この人！　せっかく私が来たのに！　結構真剣だったのに！

「やっぱりあなたなんか嫌い！」

圭吾が優しく笑いかけると、真弓も静かに笑った。

「気持ちが明るくなった。ありがとう」

ありがとう？　それ、今から死ぬみたいじゃない。

「どうしたの？」

圭吾は遠い目をして青空を眺めた。これ以上真弓にかけられる言葉はない。

「帰るね」

真弓が部屋を後にしてからも、圭吾は飽きることなく青空を眺めた。

53　歯科医師

歯科の治療室には技工室という、入れ歯や銀歯を作るための作業用の部屋がある。圭吾はその日の夜、技工室に忍び込んだ。そしてまず、アルジネートという口の中の型取りに使う材料の粉末と水を混ぜ始めた。印象採得という作業のためだ。印象採得とはいわゆる口の中の型取りだ。圭吾は自分の口の中の型を取ろうとしていた。

自分の印象を取るのは初めてだな。そして後の調整も切削器具がないから難しい。うまくできればいいが。これがなければ二人が悲しむ。

出来上がった口の中の型を水を張ったタッパーに入れ、今度は石膏の粉末と水を混ぜ始めた。

歯医者は医者じゃない。医者と違ってこの手の作業がお家芸ってところもある。地味だが、これも俺たち歯科の人間にしかできない作業の一つだ。

圭吾は石膏を型に流し、明日固まるまで見つからないように机の隅に隠した。

翌日、型と石膏を外すと、歯の模型ができていた。そしてその模型の上で、樹脂でできたマウスピースを作った。創傷保護シーネ。上顎骨を摘出すると鼻と口が繋がる。傷口は剥き出しである上に、上顎骨を全摘出した後は、空気がもれてしまうことで食事や喋ることが困難になる。そういった問題に対して、上顎を塞ぐことで創部を保護し、食事や会話を可能にさせる装置だ。

北里さん、姉ちゃん。術後のジョークを考えておくよ。圭吾は技工室を後にした。

54　手術前

手術当日、圭吾は看護師長に渡された服に着替え、鏡を見た。

この顔も見納めか。大した顔じゃなくてよかった。そう未練もない。それより、生きて北里さんとセッションがしたい。そしてあの姉ちゃんのクリーントーンを笑って聴きたい。

ドアがノックされ、佐藤が入ってきた。

「神谷先生、気分はどうですか？」

「北里先生が切るんですから、死んでも後悔はないです」

佐藤は苦笑し、首を左右に振った。

「またレッドハウスに行きますから、そんなことを言わないでください。ライトハンドを見せてください」

ライトハンドか。どれだけ練習しただろうか？　ライトハンドができなくなる方が、この顔を失くすより辛い。

「そうですね。見せびらかすためのテクニックだから気恥ずかしいところはありますが、そう言ってもらえると嬉しいです」

　圭吾は立ち上がり、病室を出た。

　歯医者は廃業だな。これからのことも考えなければならない。だが、まずは命だ。北里さん、信じてるよ。

　二人は廊下を歩き、オペ室へと向かった。佐藤は落ち着きすぎている圭吾を心配した。ケモラジの苦痛は知っているはずだ。気丈に振る舞っているようでもない。どういう心境なんだろうか。

「神谷先生、不安も辛さも全部話してくださいね」

「ええ。オペ室まで少し話しても良いですか？」

　圭吾は歯科の話をすることにした。あれだけ酷いと笑える話だってある。

「うちの科には堀下っていう、いや某准教授っていうパワハラモンスターがいるんです」

　佐藤が吹き出した。

「そいつのせいで俺は悲惨な目に遭ってるんですが、結構可愛いところがあるんですよ。俺みたいな人間も一応医局員だから、年賀状が来るんですよね。嫁がしっかりしてるんでしょう。そしてその嫁がしっかりしすぎているが故に、年賀状の出来が毎年いいんですよ」

「字が上手いんですか？」

　圭吾は首を左右に振り、口の端を歪めた。

「家族写真に、堀下が写ってないんです。海外旅行どころか、写真館で撮った写真にも写ってない。誰からの年賀状かわからないんですよ」

佐藤はまた吹き出した。家族に嫌われているのは分かるが、徹底した奥さんだ。医局員にまでばら撒くなんて。

「おかげであいつは毎晩遅くまで医局に残って俺をいじめている。家族に相手にされない八つ当たりだったのかもしれませんね」

「そうですね。帰る家がない捨て犬なんでしょう」

失笑していると、二人はオペ室に着いた。佐藤は圭吾に魅力を感じた。僕にまで気を遣ってくれたんだな。優しい人だ。ケモ中の管理、任せてください。

55　オペ室

クリーム色の壁と緑色の床をした、いつもの手術室。今日は俺が手術台に寝る。気分は落ち着いている。オペの鬼がついている。あの姉ちゃんにとっても普段通りの全身麻酔だろう。手術台に横になると、姉ちゃんが入ってきた。マスクで表情は分からないが、真剣そうな目だ。

「麻酔科にできることは、任せて」

　圭吾はしばらく躊躇ったが、やはりおどけることにした。

「なあ、あんたに頼みたいことがある」

　説明不足だったかな？　不安？

「バルーンを入れるところ、撮影しておいてくれよ」

　バルーンとはいわゆる尿道に入れる管で膀胱留置カテーテルと言われる。手術中においては術中の全身管理において主に尿量を正確に測定する必要があるので挿入・留置する。

　何この人！　命がかかったオペ前だよ？

「撮影してどうするの!?」

「そんな繊細なことを聞かないでくれ」

　真弓の目が怒りの色から悲しみの色に変わった。

「落ち着いてやりたいから、ふざけないで。人の気持ちが分かる人だっていうことくらいバレてるんだよ？」

　あんた、何年目だよ。患者相手にそんな顔するって。俺は今からあんたに眠らされる、一人の患者だぜ？　心配するな。片方の目が残るんだ。あんたの顔だって見える。

「じゃあ頼む。ぐっすり眠らせてくれ。長い間、睡眠不足が続いてる。たまには夢さえ見ずに眠りたい。あんたも信頼してる」

　真弓の眼差しは真剣なものに変わった。

「麻酔科医にできること、一つ教えてあげるね」

「何だ?」

「私たちは、絶対に術中に患者を殺さない」

準備が整ったようだ。点滴の針が刺された。さあ、片目を失う時間だ。左目。ネック側。どこが何弦の何フレットかなんて、体が覚えてる。無くても不自由しない。北里さん。そして姉ちゃん。俺を憐れむ必要なんてない。デイトリッパー、弾いてやるから。

そこまで思ったところで圭吾は腕に一瞬熱を感じ、意識を無くした。

56 オペ

北里と耳鼻科医が現れた。真弓は小さくため息をついた。これからバルーンを入れるところだけど、次は何を言われるんだろうか。私は仕事をしているだけなのに。

「よう、真弓!　いよいよだな!」

「何がいよいよですか!」

あれ?　毛がない。

「先生！　この人、もう嫌です！　陰毛を全部剃って、そこにハローって書いてますよ！」

「親の俺としては許し難い行為だ。挨拶にしては卑猥すぎる」

北里先生も満足そうな顔してる。もう男が嫌になった。

「圭吾は何か言ってたのか？」

「知りません！」

そこまで聞いたところで北里達は手洗いに向かった。

オペ用ガウンを着てグローブを履いた北里。オペの鬼の顔が一瞬見えた。そして余裕の表情に変わった。

ポピドンヨードと塩化ベンゼルコニウムで術野を消毒し、一度小さく呼吸した。外科用皮膚ペンを受け取り、切開する部分をガイドにするためにマーキングしていく。圭吾の顔半分に紫色の線が引かれた。北里の表情が変わっていく。

北里は局所麻酔の注射を圭吾の顔に打っていき、マーキングしたガイドに沿ってメスを這わせた。鼻の横から目の下へと切開線が伸びる。切開が終わると、剥離子というヘラ状の器具で、骨膜、筋肉、皮膚をまとめて剥がした。剥き出しになった圭吾の上顎骨。ただの骨だ。ここまで剥がせば、人間に個性なんてない。佐藤は吸引管で少量の血液を吸引していた。北里先生はいつも通りだ。相変わらず速い、綺麗なオペだ。

北里はオペを進行させながら、やはりいつものように二人を指導する。

「出血量が少ない方がいいのは当然だ。だがスピードも重要だ。全身麻酔をかけている時間も短くしないとな」

そう言って次々に上顎骨とその隣の骨の継ぎ目を外していく。

「顎顔面領域のオペっていうのは残酷だよな。術後、顔貌が大きく変わる」

助手の二人は返答できない。北里についていくのに必死だからだ。しかしそんな中、北里が呑気な声を真弓にかけた。

「おーい、真弓。お前さん心電図モニター見てんのか？」

真弓は麻酔器越しに北里をじっと見つめていた。

「圭吾から俺に乗り換えたい気持ちは分かるが、歳の差がなぁ」

こんな時にまで。やはり外科医は軽口を聞く。特に、冷静な人ほど。

「どっちも嫌です！」

北里先生、笑いながら手を止めていないけど、何でこんなことができるんだろうか。

「真弓、ペインコントロールの紹介状書くからお前が担当しろよ。見舞いに行く口実になるだろう？」

断れない頼みだ。それに、確かに様子を見に行く口実になる。でも何か、弄ばれている気がする。

「わかりました」

北里先生、マスクの下で笑ってるの、バレてますよ。

北里のペースにより、短時間で眼球と上顎骨が摘出された。あとは術中迅速検査、取り出した部分の端に腫瘍細胞がないか顕微鏡で調べる検査を行う。腫瘍細胞がある場合を陽性といい、さらに周囲に腫瘍細胞があると判断される。つまり腫瘍を取り残した状態だということだ。手術室の皆は迅速検査の結果を待った。

「真弓、ペインの方は頼んだぜ」

「はい」

あの人、私にちゃんと痛いって言ってくれるかな。

手術室に電話の音が響いた。検査結果が報告される。サポート役で来ていた耳鼻科医が電話を取った。

「陰性です！」

皆が安堵し、手術は続く。摘出した部位の周囲に癌細胞はなかったということだ。次は頸部郭清術だ。

首を左の下顎の下に沿って横に切開し、その後縦に切開する。北里は首の筋肉を、転移しているリンパ節ごと一つの肉の塊となるように摘出した。そして腹直筋皮弁を上顎の骨を取り出した部分に貼り付け、最終的に全ての傷を縫い合わせた。

傷だらけになった圭吾を見て北里は思った。圭吾、お前さんは俺のオペを見たわけでもないんだろう？　何で命を預けた。癌は必ず治してやるって言えないんだぜ？　だがな、俺にできるだけの治療を全力でしてやる。だからケモも完遂しろよ。

そして圭吾はICUへと送られた。

57 術後

二日間のICUでの管理を終え、圭吾は自室に戻った。創部に若干の痛みを感じたが、苦痛というほどではなく、静かに天井を眺めていた。

これからだ。北里さんは、きっとやるだけのことをやってくれた。これからは俺が耐える時だ。完遂して、生きる。ジミ・ヘンドリックスをやれる金曜日のために。

程なくして北里も病室にやってきた。圭吾の顔や首には創傷被覆材やフィルムが貼られ、何針もの縫い跡があり痛々しいものだが北里にとっては見慣れたものだ。そんなことより、八方手を尽くしたが手に入らなかったものがある。

「圭吾。何も言わなくていい。いや、何も言えないことくらい分かってる。もちろん歯科には断られたし、街の開業医のほとんどに当たったんだがダメだった。堀下のせいだと思う」

真弓も部屋に現れた。

「どうしたんですか？　先生」

「手に入らなかったものがあるんだ」

圭吾は笑おうとしたが、表情は変えられなかった、しかし不自由そうに言葉を発した。

「これならありますよ」

「お前さん！　喋れるのか？」

真弓は首を傾げている。それを見た圭吾が苦悶の声をあげながら口の中から創傷保護シーネを取り出した。

「そのシーネ、どうした？」

もう一度圭吾はシーネを口腔内に装着し、口と鼻がつながった部分を塞いだ。

「作りましたよ。俺は歯医者です。切ったり削ったりするだけが仕事じゃない」

真弓も話の流れが理解できた。

「歯医者ってこんな場面でも活躍するんだね」

「ああ。あとは治療が終わったら自分の入れ歯を作る。模型さえ作れれば問題ない」

北里は安堵し、小さく笑った。

「お前さん、歯医者だったな。ロクでなしのギタリストのイメージしかなかった」

いつもの和やかな雰囲気だ。

よかった。二人が悲しまなかった。北里さん、街の開業医のほとんどって何件に電話をかけたんだよ。確かにこのシーネがないと、治療の大きな妨げになる。歯科医師免許に感謝だな。

58　クマ

昨日はたくさん歌って気持ちよかったな。あの人には悪いけど、私たちが滅入ってたらあの人の方が心配するもんね。

真弓は土曜の昼過ぎに大学病院へと歩いていた。澄んだ青空を眺めながら、片手に紙袋を提げて。

大学病院に入り、医局で圭吾のカルテを見た。経過は良好だ。痛みも術後のものとして相応な程度だ。全身状態も良い。真弓は院内のカフェでコーヒーを買い、圭吾の病室の扉をノックした。そして数秒待ち部屋に入った。

「こんにちは。診察に来たよ」

診察なら白衣くらい着てこいよ。そのコーヒーは何だ？

「あんた、遊びに来てるよな」

「違うよ。診察。神谷さん、経過は良好ですよ。ただ性格と口が悪いようですね。そこだけは気をつけないといけませんね」

遊びに来た訳じゃないのか。患者をからかいに来たんだな。何て医者だ。

「先生、患者で遊ぶのは良くないですよ。彼氏と遊んでください。あ、すみません。土曜の昼に患者と遊びに来るような女医に、彼氏なんていないですよね」

シーネを作ったのはこんなことを言うためなの？　鎮静かけるよ！

「そんなことばっかり言ってたら、またプロポフォール（全身麻酔で使用する薬）で眠らせるよ！」

不謹慎な姉ちゃんだ。あんたも同類だよ。圭吾が笑い声を出したのを聞き、真弓は安堵した。

「ところで、無事『とれた』か？」

今更どうしたの？　オペはうまくいったよ。真弓はうなずいた。すると圭吾が手を伸ばした。

「悪いな。くれよ。入院生活にはそういうものも必要だ」

そういうもの？

「撮ってないのか？」

あれのことだ！　何なの、この人！　命がかかってる時に、私があんなに心配してたのに！

「撮ってないよ！　ハローって何!?　ほんとあなた嫌い！」

嫌いか。やっと言われた。それくらいの方がいい。安心したよ。圭吾の表情が弛緩したことがテープが貼られているとはいえ真弓にも分かった。真弓も安堵し、声も優しげになった。

「ケモ、耐えてね」

「ああ。あんたの世話にもなる。頼むよ」

「退院したら、私たちのバンドでギターを弾いてよ」

クソッタレのジャズバンドか。ジャズギター。後ろに北里さんで隣がこの姉ちゃん。悪くない。いや、いい未来だ。

「考えとくよ」

きっとこの人は今、遠い目をしてるんだろう。ギターの席はプレゼントとしては悪くなかったかな。最後にもう一つ、プレゼントだ。

「あと、これお見舞いに持ってきたんだけど」

真弓が紙袋を見せた。

「リーフパイは食べられない」

この人の感覚が分からない。普通クッキーじゃない？

「いいから開けて」

圭吾が袋を開けると、二匹のクマのぬいぐるみが登場した。名前が書いたプラカードを持って座っている。

「なあ。このクマ、純と真弓って書いてるぜ？」

真弓は得意げだ。

「青が北里先生でピンクが私。いつでも私たちがついてるから、安心してねって意味だよ」

「あんたらに睨まれてると思うと夜も眠れないじゃないか」

圭吾の失笑を真弓は喜びの声と解釈し、上機嫌だ。何てセンスだ。圭吾は呆れた。

「照れてばかりは良くないよ。コーヒー無くなったから帰るね。ゆっくり休んで」

あんなに喜んでくれた。やっぱり寂しいんだな。明日からも毎日行ってみよう。あのクマ、可愛かったな。

圭吾は真弓が閉めたドアを眺めた。あの姉ちゃん、ずいぶん長居したな。クマのぬいぐるみか。何に使うんだよ。そう思いながらぬいぐるみを一つずつ丁寧に窓際に飾り、飽きることなく眺めた。

しかしそんな時間も長くは続かなかった。午後三時、ノックと同時に北里が入ってきた。パイプ椅子を開きながら北里は断りを入れた。

「圭吾、入るぞ」

ポテトジジイ。順序が逆すぎてどこから注意したらいいか分からないじゃないか。圭吾はため息をついた。

「さっきあの姉ちゃんも来ましたよ。帰ったところです。耳鼻科は患者を休ませないんですか?」

「圭吾、患者より俺を休ませろ。今朝七時まで飲んだんだ。最近耳鼻科の若手でしぶといのがいるからな。そいつが酔い潰れたのが七時だった」

あんた六十路前って言ってたよな？　それは学生がすることだぜ？　だから結婚できな

いんだよ。

「家に帰って朝食を作って、さっき起きた」

「朝食作るんですか？」

北里は何ということもないといった顔をしている。

「ああ。土日の朝は作ることにしている。飲んだ後とはいえラーメン屋も開いてないからな。基本的に和食だ。今朝は簡単に豆腐とワカメの味噌汁、メザシの一夜干し、だし巻き卵だ」

イメージダウンだ。もう少し豪傑でいてほしかった。あのクマもメルヘンだが、あんたも結構乙女だな。結婚できない男の要素をかなり満たしている。

「北里さんも日中は暇なんですか？」

「『も』ってどういうことだ？」

「あの姉ちゃん、一時間くらいいましたよ」

北里がにやけ始めた。

「暇なだけじゃないさ」

面倒な話になりそうだ。このジジイは愛娘の結婚の話になると途端に鬱陶しくなる。話題を変えなければならない。

「北里さんはこれからどうするんですか？」

「二時間ほどここで時間を潰してレッドハウスに行く予定だ」

だし巻きジジイ、あんたこそ体は大丈夫か？　そして医者だよな？　頭も大丈夫か見てもらえよ。どこの世界に病人の部屋で二時間も時間潰しする見舞客がいるんだよ。圭吾は語気を強めた。

「なんか見舞いの品はあるんですか？」

北里が浮腫んだ目を見開くのを見て圭吾はまた呆れた。ジジイ！　手ぶらか！　あんた何しに来たんだ！

「お前さん、ほしいものはあるか？」

「タバコくらいですね。早く吸いたいです」

「ちょっとロッカーを触るぜ？」

期待を胸に圭吾が了承すると、北里はロッカーの中に隠してあったラッキーストライクのカートンを取り出した。やっとタバコが吸える。さすがは准教授だ。術後の患者にタバコを吸わせる権限があるなんて。北里さんのところに入院してよかった。いや、北里先生だ。ありがとうございます。

「圭吾、知っての通り院内は禁煙なんだ。これは預からせてもらう」

え？

ポテトジジイ！　せめて置いていけ！　裏口なら吸える！

「創部の治癒に関わるからな」

急に医者の顔するな！　それを置いてとっとと帰れ！　圭吾はうなだれた。

「入院なんてするもんじゃないですね」

「ああ。だが退院したら自由だ。ギター、タバコ、真弓。思うがままだ」

一個多い。あんたも言いたい放題だな。

「圭吾。完遂しろよ。途中でドロップアウトするとどうなるか分かっているよな？」

（ドロップアウトとは、ここでは癌の化学放射線療法を最後まで完遂せずに、治療中断してしまうことを指している）

中途半端なケモは逆効果だ。もし癌細胞が生きていたら、殺しきれずにより速いペースで増殖していく。圭吾はうなずいた。

それから二人は小春日和の青空を眺めた。春にはケモが終わる。この空は自由の象徴のようだった。陽が沈む頃、北里は帰っていった。

59　化学療法

一ヶ月程度で創部は治癒した。つまり俺の化学放射線療法の準備が整ったということだ。その苦痛を知っているだけに、日に日に不安が募った。口の中が焼ける痛み。水でさえ痛みのために飲めなくなる。そんな日々が、六週間続く。副作用がひどい人になるとたった二週でドロップアウトする。そんな人は心ないドクターに、一体何をしに来たんだ？　なんて思われながら末期癌患者として病院を後にしていく。俺は治療を完遂すると言った。これは誰もが言うことだ。ただ、俺は知っているだけに軽はずみに言った訳じゃない。こんなクソみたいな人生を、たった二十八年で終わらせられるかよ。意地でも完遂して、五年以上、いやジジイになるまで生きる。そしてギターを弾く。ジャズでもブルースでも何でもいい。ジョニー・ウィンターみたいにギターを抱えたジジイとしてくたばりたいんだ。

圭吾は面談室で一人、北里を待ちながら思った。絶望の色。ただれた赤。もう少ししたら、口腔内にへばりつく。

ドアがノックされ、北里と師長が入ってきた。今日の北里は医者の顔だ。

「圭吾、来週月曜日からケモラジを始める。線量は一日2グレイで六週の予定だ」

分かってるよな？　三週目あたりからだ。お前さんは地獄の炎に焼かれる。そして俺たちにできることはごく僅かだ。さらに北里は話を続けた。

「六週、つまり一ヶ月半が終わって二週間後が勝負だ。二ヶ月後が本番になる」

なんだ？　ケモの傷も癒えた頃のはずだが……。北里はにやりと笑った。

「レッドハウスでパーティーの予定だ。もちろん真弓も来る」

あきれた。看護師の前でいいのか？　そして何だよ。もちろんって。

「北里さん。ピザだけにしてくださいね。俺のためのパーティーだ」

「ポテト派の俺としては引っかかる発言だが、大目に見てやる。ポテトにすがりつきたくなるほどピザを食え」

北里が右手を差し出し、圭吾はそれを固く握った。

「お前さんは相棒だが、これからも二人三脚だ。相棒だと思ってくれ。いいか。苦痛は全て言うんだぞ」

圭吾はゆっくりとうなずいた。

60　ケモ1週目

放射線療法初日、圭吾は看護師に放射線治療室へ案内された。室内では放射線科医と放射線技師が専門的なソフトを開いたPCを睨んでいる。圭吾は治療用ベッドに寝るよう指示され、ベッドに固定された。

ここで他の患者は放射線治療を受けているのか。最初は俺のように呑気に、そして途中から苦悶の声を上げながら固定されるんだろう。そう思っていると頭の周りを機械が覆い、電子音が数秒鳴った。治療はそれだけだった。こんなあっけない治療がじわじわと粘膜を燃やしていく。この数秒を拒んだとき、俺は死ぬ。

圭吾が病棟に戻ると真弓がナースステーションで電子カルテを眺めていた。無視して部屋に帰るとすぐに真弓が入ってきた。

「気づいてたの知ってるんだよ！　担当医を無視しないで！」

「ノックくらいしろよ。今度から声をかける。三十路アイドルって呼んでいいな？」

三十路アイドル……。よくまあこの状況で。こっちも心配して来てるのに。ラジエーション初日に来たんだよ？　優しい医者じゃない！　三十過ぎてても楽しいもん！

「三十過ぎて楽しいと思い始めたら、次は四十だ。本当にあんたは分かりやすい」

何で年下にからかわれないといけないの！

「北里先生もあなたも大嫌い！」

この姉ちゃんをからかってると、気分が明るくなる。本人は真剣なようだが、それだけに面白味が増す。いい女なのかもしれないな。圭吾は真剣な表情を作った。

「なあ」

どうしたんだろう？　痛いのかな。まさかね。1日目だよ？

「あまり怒ると皺が増えると思うんだ。北里さんに責任取れなんて言われたら、俺はこの街を出ていくしかなくなる。心配いらない。いつかいい男が見つかる。キリストと仏と神様が付いてる」

真弓は声を張り上げた。

「神谷さん！　痛みの程度はどうですか!?　ないですね！　じゃあ十段階評価でゼロにしておきます！」

そう言って部屋を出た。

ナースステーションでは北里がカルテを見ていた。真弓が明らかに怒った顔をして圭吾の部屋から出てきたのが目に入った。圭吾、今日は何を言ったんだ？　真弓がいるなら俺も病室に行けばよかった。あいつら相性良いよな。

微笑んでいる北里の隣に真弓が座り、カルテを書き始めた。真弓はカルテを入力しながら北里に文句を言い始めた。

「先生！　相棒だか何だか知りませんけど躾けてください！　今日は何て言われたと思いますか？」

「さあな。独身マリアとかそんなところか？」

この人たちの言語感覚が分からない。何で私がマリアなの？

「先生！」

「喧嘩するほど仲がいいところから発展するパターンだな。横で見ている分には鳥肌が立つほどに恥ずかしくなるぜ？」

爆発しそうだ。今夜は一人でカラオケに行こう。

「医局に帰ります！」

「おーい、ちゃんとペインスケールは付けろよ」

「明日また来ます！」

毎日来るのか。とっととひっつけよ。

61　疼痛無し

三十路アイドルなんて二日続けて言ったら許さない！　真弓は歯科のナースステーションで電子カルテを眺めていた。ペインスケールという、痛みを十段階で評価する記録を付けるためだ。今後、数値が大きくなってきたら痛み止めの薬を増やしていく。

あの人、もう歯医者はできないのか。勉強熱心だったらしいから、せっかくたくさん手技を身につけただろうし、可哀想だな。こんな時くらい話を聞いてあげないといけないよね。きっと不安に思ってるはずだよ。どうせ友達なんていないだろうから、私と北里先生くらいしか力になれないんじゃないかな。私に何ができるっていう訳でもないけど。

真弓は圭吾の部屋に入った。圭吾は静かに天井を眺めていた。

「ペインスケール付けにきたよ。痛みの程度を教えてください。なければ0で……」

「ないよ。二日目だ。あんた、暇なのか？」

昨日からかわれてばかりだったから出直しただけでしょ？　結構忙しいの！

「仕事です！　何ぼんやりしてたの？　困りごと？」

早速悩んでいるんだね。あなたより長く生きてる分、色々とアドバイスできるはずだよ。

「ああ。困ってる。左目が見えないんだ」

……。なんて言えばいいの？

「笑えない！　もうちょっとマシな冗談にしてよ！」

圭吾が顔を引きつらせた。笑っているのだろう。でももう口の端は歪められないよ？

「さすがに、将来のことを考えていた。もう歯医者はできないし、まだ学位だって持っていない。もっとも口腔外科で学位を取るのは不可能だから、別の大学院に行かなければならないが」

大学院？

「研究を続けるの？」

「ああ。そっちの世界で生きていくよ」

真弓は吹き出した。学者になるの？　真面目な院生だったたって話は聞いたけど、想像できない。学会発表は人を笑わせる場所じゃないんだよ？　英語は書けるの？

「論文とか読んでるの？」

圭吾は机の上に置いてある大量のＡ４のコピー用紙を指差した。真弓が手に取ると、全て癌研究の論文だった。基礎研究の論文、つまり癌細胞や癌から切り取った標本を顕微鏡で見た写真が載っているものや、癌細胞の遺伝子配列に関する記載があるものなどだった。

「癌研究ならまだ俺にも目がある。今は暇だからな。一日に何本かは目を通そうと思ってる」

冗談が返ってこなかった。この人、真面目な研究者の卵だ。

「他の大学の院に入り直す。研究が好きなんだ。俺が新しい何かを見つけたとするだろう？　そうしたら誰かがそれを手掛かりにまた何かを見つけていく。そんな糸がより合わさって科学ができていると思うと、壮大な価値を感じる。一本の糸を見つけたとき、生きてきた甲斐があったと思えるだろうからな」

　将来をどう考えているのか心配してたけど、意外としっかりしてるんだね。しっかりしすぎだよ。あなたみたいな大学に向いている人間を冷遇していた教室が許せない。

「あんたのお陰で余計なことを喋ったな。ペインスケールは０だ」

　真弓はうなずき、部屋を出ようとした。

「あなた、いい学者になると思うよ。論文出したら最初に教えてね。こんな話をしたのは私が初めてでしょ？」

　顔いっぱいの笑顔を圭吾は直視できなかった。真剣に話した分だけ照れくさい。真弓は察して部屋を後にした。

　ナースステーションに戻りカルテ記載をしようとすると、北里が座っていた。

「真弓、ずいぶん長い診察だな。そして機嫌も良さそうだ。お前さん、医者に向いてないんじゃないか？」

「きっと向いてますよ。聞き分けの悪い患者があんなに素直になるんですから」

　何があったんだよ。圭吾が素直になるだって？　恋愛ドラマは一日単位で進むのか。連続ドラマ小説は毎日あるらしいからな。目が離せない。

62　ケモ2週目

地獄の火の粉が近づいてきたらしい。口の中にチクチクする程度の違和感を覚える。だがまだ明るく話せる。今日もあの姉ちゃんは来るんだろう。毎日やってきては表情豊かに帰っていく。少し気分がマシになる。

ドアがノックされた。圭吾はわずかに期待したが、入ってきたのは白髪の六十路だった。

「北里さんですか」

お前さん、主治医相手に落胆するなよ。もう目当ては真弓か。案外分かりやすいな。

「白血球の数値がわずかに下がったが、どうだ？」

化学放射線療法中の口内炎は正確には好中球減少症という白血球の減少に伴う口内炎だ。

「口の中がチクチクする程度です」

北里はうなずいた。二週目で出てきたか。来週からってとこだな。そこから四週間、焼かれる。北里が真剣な顔になると、圭吾は北里の目を見た。

「まだですよ。これからです。今は大丈夫です」

「そうか。何か気になることがあればいつでも言えよ」

北里の背中を見て思った。准教授が毎日やって来て様子を見てくれるのは心強い。しかも相棒だ。相棒が毎日顔を見せてくれるなら、最後まで戦おうと思える。

圭吾が北里に感謝していると、またドアがノックされた。今度は優しいノック。女だな。

「元気？」

「元気な癌患者がいるか！」

あんたのお陰で毎日楽しいよ。

「北里先生に聞いたんだけど、痛みが出始めたんだよね？　10段階評価でどれくらい？」

「1だ。まだ薬はいらない」

顔が明るくなった。こんな分かりやすい女が担当医でいいのか？　痛みが最大になったら、この姉ちゃん泣くんじゃないか？

「毎日来るから、何でも言ってね。悪口以外。あなたが患者さんにしてたことだもんね」

そうだな。毎日患者のところには行った。ただ話を聞くだけだったが、こんなに救われるものだったんだな。

「明日も来るから、何かほしいものはない？」

明日？　明日は土曜日だ。圭吾が怪訝な顔をすると、察した真弓は言葉に詰まった。

「あんた、確かに俺はナイスガイだ。人から見ればタフだろう。だがそう簡単に惚れるのは……」

「来るのやめようか!?」

何がナイスガイなの！　意味が分からない！

「タフならペインコントロール必要ないよね！」

この姉ちゃん、最高だな。とにかく土日も来てくれるのか。ほしいものは、一つある。だがまだそれを頼むには早いだろうな。

「ありがとう。土日も、あんたがいれば退屈しないよ。無理のない範囲で来てほしい。ほしいものはあるが、まだ大丈夫だ。もう少し副作用が強く出た時に頼む」

あれ？　まともな返事が返ってきた。ありがとう？　どうしたの？

「だがな、一つ思うことがあるんだ。最後にいいか？」

真剣な表情だ。何？　今後のペインコントロールの方針？

「基本的にベッド上にいるあまり動けない男の横に来て、一方的に口説くっていうのはどうかと思う。しかもあんたは賞味期限切れのイカだ。さすがに……」

やっぱりこの人嫌い！

「誰がイカなの！　私に口説かれてるって？　自意識過剰だよ！　口説かれてると思うなら喜んで！　ありがたい話じゃない！」

口説くのも苦手だが、口説かれることにも縁がない。もし、あんたがいつも横にいてくれるなら毎日笑っているのかもしれないな。あんたは怒りっぱなしかもしれないが。少し嬉しそうな顔をした圭吾を見て、真弓は弛緩した。

「また明日」

「悪いな。いや、ありがとう」

右手を振って真弓は病室を後にした。

歯科の病棟を出て麻酔科の医局まで歩く廊下で、圭吾のことを思い出した。嫌なことばかり言う割には嬉しそうだな。何かお土産でも買って行こう。そういえばあの人、パジャマがレンタルだったな。パジャマだ！

63　キラーパジャマ

真弓は開店と同時にデパートに行き、寝具売り場へと急いだ。せっかくのプレゼントだ。柄だけでなく質も重要だ。

「パジャマだけでも結構色々ブランド物があるんだなー」

バーバリー。ありきたりだな。ジバンシー。変わり映えしないよ。ラルフローレン……。クマだ！　あの人の分だけクマがなかったもんね。三匹目のクマは本人！　私のセンスが光ってるよ！　赤、紺、グレー。この三つにしよう。来てよかったぁ。

圭吾が静かに病室で過ごしていると、ドアが激しくノックされた。北里さんか。でもそれにしては入ってくるのが遅い。

「入るね」

姉ちゃんか。今日は元気なようだな。ずいぶん大きな袋を提げているようだが、どうした？

「今日はお土産、お見舞いの品を持ってきたよ！」

土産？　俺にか？

「何だと思う？」

一番困る質問だな。わかるかよ。一応答えておくか。

「枕だろ？　ここで寝たいって気持ちはよく分かる。確かに俺にビッグダディな側面があることは否定できない。だからと言って先に枕っていうのは気が早くないか？」

口が痛い割には言いたいこと言う人だな。何がビッグダディなの？　ビッグダディって何？　もういい！

「開けてみて！」

圭吾は袋を渡された。中を取り出すと、高級そうな紺色の箱に金色の文字でラルフローレンと書いてあった。でかい馬のポロシャツか？　俺には無縁なブランドだと思ってきたが、とうとうこれを着せられるのか？


なんだ、このクマ。

馬ですらない。


「落ち着いて話そう。ラルフは馬だよな？」

真弓がうなずく。

「このクマは誰だ？」

今度は首を傾げた。

「そしてこのクマを、俺が着るのか？」

気に入らなかったのかな。せっかく可愛いのに。しかもラルフローレンなのに。

「ごめん、馬にしたらよかった？」

堀下の馬。馬は馬で嫌だ。そんなことよりクマだ。せっかくの気持ちを無下にしてはいけない。

「悪かった。ラルフローレンが馬を作っている理由が分からなくなるほど良いクマだったからな。俺なんかにこのクマを着こなせるか心配になっただけだ」

表情が輝く真弓に圭吾は安堵した。わかりやすい女で良かった。

「早速着替えようよ！」

圭吾が着替え終わると、真弓がドアをノックして入ってきた。左胸に大きなクマのロゴ。

「これで三人でクマさんだね」

もう言葉も出ない。

その時、北里が扉をノックし、部屋に入ってきた。

「圭吾、入るぞ」

うなだれるしかない状況だ。

「よぉ、高級そうなパジャマ着てるじゃないか。ポロって書いてるぜ。最近は馬からクマに変わったのか?」

真弓が事情を説明すると、北里の顔が険しくなった。圭吾、お前は優しいやつだ。普通そのパジャマを着るような人間はいない。いい大人がクマのパジャマだぜ? しかも馬ブランドが出したクマだ。謎だらけじゃないか。

「圭吾、担当医に恵まれたな」

北里さん、確かに俺は片目しか残ってない。ただせめて残ってる方の目を見て言ってもらえませんか? 思ってないですよね? 憐れんでますよね? ただ……。

「二人が土曜なのにここにいる。恵まれましたよ」

真弓は満面の笑みを浮かべ、北里は大きく笑ったが、長くは続かなかった。

「お前さん、今日はまだ痛みは大丈夫そうだな」

「はい」

「今のうちだ。好きなだけ喋っておけ。お前さんが疲れたら俺たちは帰る」

真弓も大きくうなずいた。確かに担当医に恵まれた。そして、友達にも恵まれたようだ。

64　ケモ3週目

口の中がチクチクしていたのがヒリヒリと焼けるような痛みに変わってきた。顎顔面領域の化学放射線療法は口の中を焼き尽くし、全体を火傷にしていく。今、その地獄の入り口に立った。口の中が熱いと感じるが、水を行き渡らせても痛い。これがあと四週かけて、どんどんひどくなっていく。今日は喋れるだろうか。口を動かすと頬に歯が擦れて痛い。俺は知っているから、まだ程度は軽いと言うが、癌患者を診たことがない人間が突如この治療を始めるとなるとドロップアウトする人が多くなるのも当然だと思う。

圭吾が放射線治療室から帰ってきて思っていると、北里が入ってきた。

「圭吾、今日はどうだ？　変わりはあるか？」

聞いてはみたが、その顔を見たら分かる。話せるか？

「口腔内全体に熱感と接触痛、自発痛が出てきました。嚥下には問題ありません」

「患者らしく答えろよ」

北里は小さく笑い、圭吾の口腔内をペンライトで照らして診た。

「広い範囲に紅斑がある。偽膜はないな」

赤いただれだということだ。

「口内炎のグレードでいうと1だ」

一歩進んだ。

「そろそろうがい薬と保湿ジェルを買ってきますよ」

「お前さんの方がそこは詳しいだろう」

口渇（口の渇き）や放射線治療に伴う口内炎の保湿に使用する製品の選び方は単純だ。

基本的にはエタノールが入っていない製品は口を潤わせることに着目して作られている。だからそれを選べばいい。

「診察は終わりだ。圭吾、元気なうちに買ってこいよ」

圭吾は一人、売店へ向かった。正午前なので昼食を買いにきたドクターが目立つ中、クマを目立たせて圭吾は口腔ケア用品があるコーナーで商品を探していた。すると後ろから乱暴に名前が呼ばれた。

「神谷！」

堀下か。もうあんたと俺は関係ないんだ。偉そうにするなよ。

「耳鼻科の治療成績を上げてどうする！　早く死ね！」

圭吾が堀下の方を向くとすぐに、堀下の肩に誰かの手がかかった。

「お前さんよぉ、俺の患者に何ぬかしてんだ？」

北里さん！　あんたまた危ないことをするのか!?

「圭吾が何を買ってるか分かるよな？　顎顔面外科学講座のヘタクソ外科医でもよぉ。放射線治療中の口内炎がどれだけ痛いか分かってんだろ!?」

北里はごく自然に堀下の胸ぐらを掴み、右手を振り上げた。しかしそこで隣に立っていた佐藤に思い切り突き飛ばされた。堀下は何が起こっているか分からないでいる。そんな堀下の前に立ち、佐藤は北里と同じように右手を振り上げ、堀下の顔を歪ませた。

「耳鼻科に喧嘩売ってんだな？　お前は黙って虫歯でも削ってろよ。神谷先生は、俺の患者だ」

鼻血を流しながら堀下も吠えた。

「お前、ただで済むと思うなよ」

佐藤は無視して圭吾に笑いかけた。

「神谷先生、必要なものを買ったら帰りましょう」

圭吾には分からない。こんなことをしたら大学で生きていけない。佐藤先生なんてかなりの若手だ。

「どうしてそこまでしてくれるんですか？」

「北里先生に言われたんです。大損しても美学を貫くのも悪くないって。本当ですね。悪くない気分です」

圭吾が尊敬していると、後ろから尊敬に値しない声が響いた。

「お前ら！　助けろ！　引っかかってる！」

北里がお菓子の棚をひっくり返し、白衣に棚の一部を引っ掛けて悶えている。何とか外れた様子で、色とりどりのスナック菓子の袋を踏み潰しながらやってきた北里は、佐藤を叱り始めた。

「俺まで守ってどうする！　患者だけで良いんだよ！　後の始末は俺がしてやるし、面倒も見てやる！　帰るぞ!!」

三人は堀下に背を向けて廊下を歩いた。堀下から見る彼らは許し難い呑気な姿だったが、どんなに酷い罵声を吐きかけても、彼らの歩調に変化を与えることはできなかっただろう。

65 グラン

北里は耳鼻科病棟の電子カルテで圭吾の食事の記録と血液検査の結果を睨んでいた。白血球数が下がってきたな。そして今ミキサー食だが、三分の一程度しか摂取できていない。それに徐々に脱水気味になっている。そろそろ口からはきつくなってきたか。栄養はエンシュア・H（1缶で375㎉の栄養製剤）を3本、水分は外から入れるしかないな。ビーフリード一本とソルデム3A（500㎖当たり86㎉の糖と電解質が入った輸液）一本で1000㎖てとこか。

北里は圭吾の部屋に入り、説明を始めた。

「圭吾、お前さんが相手だから先に話をする。喋るのも辛いだろうから、気になる点があれば後で聞いてくれ。まずは栄養についてだ。そろそろミキサー食をやめて、エンシュア・Hで行こうと思っている。そして水が足りていないから輸液（ここでは末梢静脈から点滴をすることで水分などを身体に補給することができる）を始める。何か質問があれば右手を挙げてくれ」

圭吾は動かない。

「よし、次は白血球数についてだ。だいぶ下がってきている。さっきの話と合わせて考えると、そろそろ口内炎もグレード3あたりに差し掛かっているはずだ。ちょっと見せてくれ」

北里は口腔内をペンライトで照らした。

口腔内は複数の潰瘍が繋がっていて、ただれた上にえぐられていた。歯の噛み合わせの線にそっていくつかの出血点も見られた。予想通りグレード3に相当する。

「圭吾、グラン入れといてやるよ」

好中球数が減少した際に使用する薬だ。好中球減少に伴って生じるこの口内炎も改善する。圭吾は右手を挙げた。

「どうした?」

圭吾はうめきながら声を出した。

「大盤振る舞いですね」

グランは高価な薬として有名だ。しかしあきれた男だ。

「それだけ言うために無理をするなよ、馬鹿野郎」

北里が笑いかけたが、圭吾は顔を引きつらせることしかできなかった。

66　ラヴィンユー

化学療法四週目の土曜日、真弓は朝から圭吾の部屋にいた。

「ペインコントロールなんて言ってきたけど、口腔癌のケモラジには麻薬もあまり効かないよね。何も言わなくて良いからね」

ここでいう麻薬とは医療用麻薬のことで、癌の激しい痛みに対して鎮痛効果、鎮静、鎮痙ができ、特に鎮痛効果によって癌の痛みを緩和することができる。

とても無力だ。この人が苦悶の顔で横たわっている。何て言えばいいんだろう？　しかし圭吾は必死で言葉を発した。

「あんたこそ、何も言わなくていい。しばらくここにいてくれ。今日も暇そうだ」

無理しなくていいよ。それ笑えないよ？　見てる方が辛くなるじゃない。からかうのは退院してからにして。少しなら我慢してあげるから。いや、笑ってあげるから元気に帰ってきて。

「暇じゃないよ。たくさんの誘いを断ってきてるんだから。良いから喋らないで」

真弓が優しく圭吾に笑いかけた。こんな時に優しくするなよ。ケモ中の患者は心が弱ってるんだ。あんたみたいな子供にでも、すがりつきたくなる。何となく癪だ。

現在の圭吾の痛みの程度は10段階評価の８段階目の強さだ。ペインスケールで８というと絶望的な痛みだ。

その日は雨だった。カーテンの向こうで雷の音が聞こえる。陰鬱な病室のように二人は感じていた。

「なあ、頼みがあるんだ」

何だろう？　私にできることなんてあるのかな。でもできるだけのことはしてあげたい。

「何？　しゃべると痛いだろうからこの紙にペンで書いて」

真弓が付箋を取り出した。


歌ってくれ。

ミニー・リパートンのラヴィンユー。

クリーントーンに似合う最高の曲だ。

私の歌が聴きたかったの？　そんなことを言う人だと思わなかった。

「どうして？」

あんたの声は好きだ。

これって告白されてるのかな？　心の準備とかできてないけど、何て答えたらいいの？

私の声が好きってことは、私の全てを愛してるみたいなことだね。恥ずかしいよ。私もあなたのギターが好きだよ、とか言えば良いのかな。それもあなたの全てが好きだよって言ってるようなもんだよね。言えないよー。

どうした?

あなたこそどうしたの? 姉さん女房か。金のわらじを履いたってわけだね。うん、姉さん女房はいいらしい。仕方ない。あなたのために歌ってあげる。大事にしてね。

真弓は静かに、雨音に乗せてラブソングを歌い始めた。

綺麗な声だ。永遠に聴いていたい。何となく、ポールリードスミスのクリーントーンに似てる。あれを使ってこの姉ちゃんの後ろで弾くっていうのも悪くないな。それにしても姉ちゃん。いい声だよ。心に入ってくる。この声を一生聴ける男っていうのは、幸せだろうな。

曲が終わり、雷が鳴った。

「私が好きなら好きって言ってよ」

なんだ？

「こんな告白なんて恥ずかしいよ。結構格好つけるんだね」

麻薬でも打ってきたか？

「これからは素直になってね。何て呼び合うかは考えようね」

何の話だ？　殴り書きした。

「あなた、私の恋人になりたいって言ったじゃない」

いつ？　急いだ。

「歌う前」

何て女だ。あれをどう告白と取る。ただそういう風に取られたら仕方ない。素直になろう。

あんたの歌声、一生聴いていたい

真弓は顔いっぱいに笑った。このメモ、一生大事にするね。

67　読影レポート

耳鼻科の医局に北里が現れたとき、佐藤はすでに医局員共用のPCで圭吾の経過観察に撮影したCTの画像を眺めていた。そして北里に気付き、呼び止めた。

「北里先生、読影レポートが返ってきたんですが……」

読影レポートとはその名の通り、放射線科医による画像診断の結果をまとめたものだ。

「どうした？」

「メタです」

「どこだ!?　見せてみろ！」

メタ。転移のことだ。北里は佐藤から椅子を奪い、PCに目をやった。

「後腹膜？　口腔癌だぜ？　肺メタじゃないのか？」

口腔癌は肺に転移することが多いが、いきなり後腹膜に転移することなど滅多にない。

佐藤が隣のPCでCTの画像を開いた。

「先生、これです」

腎臓の後ろにある黒く見える区域が後腹膜で、その黒い区域の中には、内部にまだらな濃淡がある1・5㎝大の歪な形の灰色の影が見える。そのPCに映った異常陰影を佐藤が指差した。

「なあ、佐藤。席を外してくれ」

佐藤は無言で部屋を出た。遠隔転移。圭吾の化学放射線療法はもう及ばない。これから肺や肝臓とあらゆる場所に転移していくだろう。治療の手立てはない。

「まだ二十代だぜ！　何で腹膜なんだよ！　馬鹿か！　目玉取ってまで……。畜生！」

北里は准教授室に入り、泣いた。嗚咽した。しばらくしたら落ち着いたが、静かに椅子に座っていた。落ち着いていなければ、圭吾にムンテラができない。

同じ頃、圭吾は焼けた口に苦しみながら、青い空を見ていた。霞がかかる頃、俺は帰れる。あの姉ちゃんのところにポールリードスミスを持っていく。北里さんは新婦の父を気取るんだろう。あと二週。あと二週だ。

そんな圭吾を看護師長が面談室に呼び出した。面談室。ムンテラか。ケモ中のムンテラといえば、最悪の可能性も考えられる。だがそんなことを疑っていても仕方がない。俺は帰るんだ。

面談室にはすでに北里がいた。赤い目を見れば分かる。二日酔いじゃない赤い目だ。

「北里さん、どこのメタですか？」

北里は何も言わず、CTの画像を見せた。

「後腹膜だよ」

後腹膜？　肺メタじゃないのか？　追加の治療の可能性さえないってことか。これまでだ。だが、ありがとう。北里さん。

「北里さん、術後の転移が見つかるのは執刀医のせいじゃない。よくあることだ。DNAR（心停止をしても心肺蘇生を行わないこと）の同意書、持ってきてください」

DNARに同意するということは、心停止の時に心肺蘇生を行わないという意思を示していることになる。だが、北里に止める権利はない。

「最後にもう一つ、北里さんに頼みがあるんですよ。俺のストラト、もらってください」

北里が首を折った。

「俺にはギターの才能がなかったって言ったよな？　もらってどうするんだ？」

圭吾が初めて北里の前で泣いた。

「感傷みたいなもんです。何か残したいんですよ」

そこまで言うと涙が止まらなくなった。

「北里さん、ありがとうございました」

「馬鹿野郎！　すぐ死ぬ訳じゃないんだ！　癌っていうのはな、残された時間があるんだ！　その時間、俺たちと笑うんだ！　好きなだけギターも弾くんだよ！　分かったか！すぐ死んじまうような喋り方するな！」

北里も泣いていた。やっとできた相棒を呆気なく失うことになった。それも自分がオペをして治療した男を。悔しい。何でだ。何で腹膜に飛んだ。

68　メモ

　部屋に帰ってベッドに横になり、しばらく何も考えられないでいたが、圭吾は自分の現状を見直していた。死ぬ前に友達と恋人ができた。そして二人はきっと最後まで俺のそばにいてくれる。俺の人生で、今が一番幸せなはずだ。最後の夜は、あの姉ちゃんの歌声を聴きながら眠ろう。悪くない。

　そこまで思ったところで、力ないノックの音が聞こえた。分かりやすい姉ちゃんだ。入ってきた真弓は今にも泣き出しそうな顔をしている。あんた、他の患者の前でもそうなのか？

「カルテ、見た」

「担当医だもんな。そんなことより、表情を何とかしてくれよ」

　笑えないよ。大好きなパパが亡くなったと思ったら、せっかく素敵なメモをくれた人が死んじゃうんだよ？

「私、最後まであなたの担当医でいるから」

「ああ。さっきだが、決めたことがある」

　真弓に覗き込まれた。

「最後の夜は、あんたの歌声を聴きながら眠る」

最後の夜か。いつか来るんだよね。あ！　思いついた！

「私、声量はすごいんだよ！　毎晩、全力で歌うよ！　眠ってる暇なんてなくなるよ！」

急にポジティブになったな。こんな女の方が好きだ。圭吾が優しく笑うと、真弓も微笑み返した。そして、口を曲げて表情を変えた。圭吾は吹き出した。

「三十路がアヒルの口か」

また悪口言おうとしてる。いや、もう十分悪口だ。何でこんな人と恋人になる約束したのかな。

「たまにやってくれ。いくらか気分が明るくなる」

こんなこと言うの？　分かった。あなたの代わりにあなたの顔をするね。

69　ポールリードスミス

口内炎が落ち着き、退院した圭吾は荷物を整理し、久しぶりに自宅でギターを弾いてみた。ポールリードスミス・カスタム24・10トップ。黒い木目が美しく、クリーントーンがこの上なく綺麗なギターだ。アンプに繋いでラヴィンユーを弾いた。何となく真弓に似ている。そんなギターを抱えていることに一抹の照れを感じる。そうは思いながらも、レッドハウスで歌う彼女を見たくなった。退院早々に飲みに出かけるというのは気が引けるが、今日は金曜だ。きっと歌っているだろう。せっかくだからポールリードスミスも持っていくことにした。一応バンドにも誘われたからだ。

レッドハウスにたどり着いた時間は早すぎたらしい。客がいない。カウンターに座っている真弓以外に。

「やっと外で会えたね」

「そうだな。ずいぶんピザが食べにくい体になってしまった」

いつものこの人だ。いや、ちょっと優しいかもしれない。

「その娘は誰？」

「ポールリードスミス。あんたとよく似た女だよ」

私と似た女？　素敵なギターなんだろうな。きっと音色が綺麗で……。

「ラヴィンユー。歌ってくれよ。俺が弾くから」

「弾けるの？」

圭吾はギターをケースから取り出し、ステージに向かった。

マーシャルにポールリードスミスをつなぎ、セッティングが終わるのを真弓は椅子に座って待った。そして準備を終えた圭吾も椅子に座った。

圭吾がピックで弦を撫でると、優しい透明が真弓の胸を通り抜けた。永遠にこの音を聴いていたい。真弓は心から願った。それが永遠どころか、あとわずかであることすら忘れて。

圭吾は苦笑いをしながら演奏を止めた。真弓が首を傾げている。

「あんた、いつ歌い始めるんだよ」

「そうだったね。あまりに綺麗だったから」

圭吾が顔を引きつらせた。

「アコースティックを二度と聴きたくなくなる、エレクトリックにしか出せないクリーントーンだ。きっとあんたのクリーントーンとも相性がいい」

さっき顔を引きつらせたのはこの顔がしたかったんだよね？　真弓はアヒルの口をした。

圭吾からの反応はなく、またクリーントーンが流れ始めた。

優しい風みたいなギターだ。きっと息の量を多めにして、声の輪郭をぼやけさせた方が合うんじゃないかな。うん、この人も頷いてる。じゃあ高音はファルセットだ。ずっと歌っていたいな。ねえ、生きて私のためにギターを弾いてよ。私、あなたのために歌うよ？　死なないで。苦しめるだけなのかもしれないけど、生きててほしいよ。お願いだから、あなたの音を永遠に聞かせてよ。

真弓の目から涙が溢れた。圭吾がボリュームを絞る。

「どうした？」

「死なないでよ」

「無理な話だ」

ひどい顔だ。目も真っ赤になっている。

「家で一人だよね？　怖くないの？」

「怖いさ」

何でこんな綺麗な音を鳴らす人が、暗闇で一人怯えながら毎日眠らないといけないの？

「私、あなたの家に行く！　本当に毎晩、本気で歌う！」

すごい女だな。それはいいが、男の家に突然押しかける方が怖くないのか？

「俺が襲い掛かったらどうする？」

「蹴る」

安心した。色気はなさそうだ。

「そこそこのボリュームにしてくれよ」

アヒルの口をしたが圭吾は背を向けて席に向かっていった。だけど何となく動きがぎこちない。緊張してるのかな。

70　思い出

「よお、圭吾に真弓！　ずいぶん距離が近いな。どうにも准教授ってやつは仕事が忙しい。ドラマを欠かさず見るって言うのは大変だな。しかし大体のことは分かるぜ。真弓が嬉しそうに男の隣に座ってるところなんて初めてみた。どっちから気持ちを打ち明けたんだ？」

気持ちを打ち明けるって言うのもすごい表現だな。でも北里さん、あんたも分かりやすいよ。喋りすぎだ。俺に気を遣ってるのが丸わかりだよ。

「この人にこんなの貰ったんです」

あんたの歌声、一生聴いていたい

「圭吾、短いラブレターだな！　しかしそれでいて十分な内容が盛り込まれている。端的で正確な手紙だ」

ポテ里さんはどうでもいい。姉ちゃん、何でラミネート加工してんだよ！

「仕方なく私が押し切られました」

おい！　あんたも色々言ってただろう！

「意外と情熱的な求婚だった訳だ」

どこから読み取った！

「もうどうでもいいです。この姉ちゃんの歌声に惚れました」

二人の表情が一気に明るくなった。特に北里さんは大声をあげた。

「お前ら聞いたか？　圭吾が真弓に惚れて結ばれたらしいぜ！」

客席から歓声が上がった。なんて店だ。

「圭吾、記念だ。一曲やろうぜ！」

北里は興奮しすぎて血管が切れそうになっている。


ああ、そういうことか。

ありがとう。


「やりましょうか。何にしますか？」

「決めるのはお前さんだよ」

「今日は俺のためのパーティーですよね？」

北里はにやりと笑った。マスターも準備はできているようだ。

「イントロ聴けば何やるか分かるから、ついてきてください」

誰もが知っているイントロを圭吾が奏でた。ジミ・ヘンドリックスのジョニー・B・グッド。北里はスネアロールで参戦した。今日の圭吾は機嫌が良いようだな。ずいぶん爽やかじゃないか。ただ真弓を泣かせるのは感心しないな。確かビートルズもやってたはずだ。叩き潰してるって気付いてるのか？　真弓はどうだ？　嬉しそうだな。恋人の格好いい姿が見られたらそれでいいのか。あいつの視界に俺は入ってないんだろうなぁ。打ち込みでいいんじゃないか？　クラッシュシンバル叩きまくってやる。

うるさいドラムだな！　後で速弾きしてやるから黙ってろ！　この曲はフィードバック

を多用するのが趣きなんだよ。さっき姉ちゃんの前ではお行儀良いマーシャルの使い方をしたが、こっちが本当のマーシャルから音を吐き出させる弾き方だ。サービスでこの曲を選んだが、あんたらの耳を壊して帰るから覚悟しろよ！

圭吾！　ギターソロ！　何小節でも弾け！

ライトハンドがお好きな兄さん、しっかり見て帰ってくれ。俺の目玉より大事なテクニックだ。ただ、俺はこんなことしなくてもプリングとハンマリングだけで弾けるんだ。弦を押したり離すだけのテクニック。他にも何でも見せてやるよ。片目のパンダがギター弾いてるんだぜ？

圭吾のギターがらしくなってきたな。止める訳にはいかない。もう一回しだ。俺もフィルで暴れるから、気付けよ相棒。

二人は睨み合いながら主役の座を奪い合おうとしていた。真弓の目には圭吾しか映ってなく、客からは白熱した二人と映っていた。しかしマスターからはいつまで弾いているんだとあきれられていた。もっとも二人は気付いていないが。

先に音を上げたのは北里だ。曲が終わると肩で息をしていた。

「圭吾、ギターよりドラムの方が体力を使うんだ。今日はこれくらいにしておいてやる」

「北里さん、年齢的に限界ですよ。そろそろゲートボールに切り替えた方がいい」

北里が圭吾の背中を叩くと、客席からは盛大な拍手が聞こえた。

「北里先生、今日は特に真剣でしたね」

「お前さん、一回も俺の方見てなかったじゃねえか」

バレてる。だってせっかく恋人ができたんだよ。少しは見ていたいのが普通だと思うけど。

「圭吾、飯だ。ポテトなら食えるか？」

ポテ里、勝手に頼めよ。

「マスター！　ビールとポテト！」

初めて来た時と同じだ。ずいぶん前のようだが、数ヶ月前のことだよな。数ヶ月で、親しくなり、命を失うことになり、救われることになった。出会えてよかったよ。

圭吾が黙ると二人は急に喋り出した。

「なあ、圭吾。写真撮っていいか？」

「そうだよ。私たちと一緒に写真を撮ろう！」

圭吾は吹き出した。

「そう慌てないでくださいよ。写真くらいなら良いですよ。眼帯つけてますけど」

二人は目を見合わせた。

「真弓、カメラだ。カメラ買ってこい！」

「そうですね！　明日行ってきます！」

分かりやすい人たちだ。気のいい医者だよ。

71　二人

レッドハウスからの帰り道、真弓は上機嫌で圭吾に話しかけた。

「今日もいっぱい歌えて気持ちよかったよ。北里先生がバテてたのが気になるけど、音楽って楽しいね。歌はいいよ？　体にバンドの音が入ってきて、それを客席に届けるために楽器になるんだ。ギターは？」

「爆音とひずみだな。すべての憂鬱を粉々にしてくれる。そんな楽器だ」

乱暴な音楽が好きだったり、繊細なギターを弾いたり、よく分からない人だな。ラヴィンユーみたいなギターの方が好きだけどな。

「ポールリードスミスって、綺麗なギターだね」

「ああ、一目惚れだ」

うんうん、クリーントーンには一目惚れするんだね。

「ファズフェイスは？」

「体の一部だと言いたいが、じゃじゃ馬だ。言うことを聞かない。ファズっていうのはひずみすぎるから使い勝手の悪いエフェクターなんだ」

　また格好つけ始めた。そういうところが女の子にモテない理由なのに。でもこれからは私がいるからいいよね。

「なんでファズが好きなの？」

「ひずみすぎるって言ったよな？　ストラトが一番あえいでくれるんだよ」

　綺麗な表現はできないのかな。

「あんた、何で俺の家で夜を過ごすんだ？」

「怖いんでしょう？」

　癌患者が思うことなんて、医者にはすぐ分かるか。

「私の歌を聴きたいって言ってたから、眠りにつくまで歌ってあげる」

　悪くない夜だ。一人でベッドに横になると、目の前に死神がいて暗闇に引き摺り込んでいくような妄想に駆られる。今夜は死神も出ていくだろう。

「手を握って、子守唄を歌うんだ。眠ったら帰るね。触ったら怒るよ」

　俺はそうしてもらいながら死んでいくのか。いつしか握ってもらった手にすがりつきながら、逃れられない恐怖を感じる。それなら……。

「あんたにも触れないが、俺にも触れないでくれ。歌ってくれるだけでいい」

「手を握るのが嫌なの？」

「嫌って訳じゃない。いつかその手の感触を最期まで思い出しながら死んでいくと思うと未練が残る。それはとても怖い」

恋人だとか話をしておいて、勝手なのは分かってる。だが、正直なところだ。

真弓はうなずいた。

「じゃあたくさん歌うよ。未練なんて残らないくらいいつでも。最期の時だって」

「ありがとう。そして残念だが、このボロマンションが俺の家だ」

なんて古いの？　死神とか住んでそう。とにかく入ろうか。中はリフォームとかしてるだろうし。

72　ワンルーム

男の子の部屋なんて入ったことないよ。やっぱり女の人のポスターとか貼ってたりするのかな。私のポスターを作って貼り替えないといけないね。きっと楽器や機材が多いんだろうな。意外と棚とかに整理してそう。料理とかは、してないよね。この人はどんな生活してるんだろう。

「散らかってるが、上がってくれ」

圭吾は先にドアを開けて入って行った。真弓も後を追い、部屋に入った。

「お邪魔しま……」

何？　どこにお邪魔したらいいの？　床一面エフェクターじゃない！　変なところ踏ん

だら音色変わるよ？

「ちゃんと片付けなさい！」

部屋に入るなり叱るのか？　片付けろって言っても、押し入れはギターケースがあるからもう入らない。ベッドの下だな。

「ちょっと待っててくれ」

圭吾はシールドを一つ一つ巻いていき、ベッドの下に丁寧に重ねていった。そしてエフェクターの整理を始めた。

「せっかくだからディストーションやオーバードライブなんかのひずみ系と、空間系を分けて片付けたいんだがいいか？」

いいか？　女の子が立ってるんだよ？　その作業は今することなの？　モテない。この人は絶対にモテない。

「できた。悪かったな」

「悪いよ！　待ったよ！　帰ろうかと思ったよ！」

圭吾は呑気に笑っている。

「女の子は家に呼ばないの？」

「俺はどちらかというと中年男性が好きなんだ」

もう、この人わからない。

「北里先生？」

「あの色気にはゾクゾクするな」

真弓は心からのため息をついた。それを見て圭吾も弛緩した。自然な姉ちゃんだ。気遣いは似合わない。その方が、あまり言いたくないが好きだ。


「このまま一人で暮らすの？」

寂しいよ。だめだよ。

「そのつもりだ」

死がちらつく夜を毎日迎える、痛みとは違う苦しみが続くのに耐えられる訳がないよ。目の前に恋人がいるんだから頼って。

「私、ここで暮らす！」

姉ちゃん、本気か？　俺は死ぬんだぜ？　あんたに何が残るんだ。意味のない悲しい記憶を残して生きるだけなんだ。本当は今ここにいさせてることだって気が引けてるんだぜ？　何でそんな迷惑を、初めて一番好きなラブソングを歌ってくれた女にさせないといけないんだ。

「歌おうか？　ラヴィンユー」

真弓が優しく歌い上げると、圭吾はうなだれた。

「なあ、死ぬのは分かってる。だが死にたくない」

もう一度歌い始めた真弓の横で、圭吾は震えながら泣いた。

73　新生活

翌朝、気持ちを明るくするためにはまず衣食住を整えることだと真弓は気付いた。

「ちょっと今日は終わってない仕事をしてくるから、病院に行ってくるね」

「そうか。眼帯もあまり見た目がいいものじゃないから、俺はサングラスでも買ってくる」

圭吾は近くの眼鏡屋に向かった。

レイバンのサングラスは昔から憧れがあったが、金がなかったから買えなかった。最後に一度くらいかけてみようか。せっかくだからティアドロップなんていいかもしれない。

少し浮かれながら歩いているうちに眼鏡屋にたどり着いた。いくつかのサングラスを見ていると店員に話しかけられた。

「サングラスをお探しですか？」

「ええ。ちょっと事情があって、眼帯を外したいときにと思いまして」

そんな客もよくいるのだろう。慣れた態度だ。

「レンズサイズが大きめのものがお勧めです。気になるブランドなどはありますか？」

「レイバンのティアドロップに憧れがありますね」

すると店員はティアドロップのサングラスを二つ持ってきた。

「こちらはレイバンの新作です。レンズサイズが一番大きいのですが、定番商品のこちら、アビエーターの方が長くかけられるんじゃないかと個人的には思います。映画の『トップガン』で戦闘機のパイロット役のトム・クルーズもかけていました。お客様にもきっとお似合いですよ」

長くかける必要はないが、こういう時は定番を選べば間違い無いだろう。圭吾はアビエーターを選んだ。映画俳優ごっこも、一度くらいしておいてもバチは当たらないだろう。

その頃、真弓はマリメッコのショップにいた。あの人の家のカーテンはベージュだ。病院から盗んできたんだろうか。センスがないだけでなく私まで気分が滅入りそうだ。こんな時は明るい部屋にしないと。色は、赤だ！　レッドハウス！　素敵！　これにしよう。あ、シーツも替えないと。ここでベージュをもってこないのがセンスだよね。両方可愛い花柄にしよう。マグカップとかもペアで揃えようかな。やっぱり定番のウニッコが可愛いよね！　花がいっぱいのマグカップなんて絶対いいよ！　食器も！　テーブルクロスも！気に入ったものを全て購入した真弓はタクシーに目一杯の荷物を載せ、家へと急いだ。

「おかえり！」

アビエーターをかけていた圭吾は部屋を見て、サングラスを外した。右目まで痛い。何だ？　この色と柄でできた部屋は。圭吾はもう一度サングラスをかけた。何から聞けばいいのか分からない。

「感動してるの？　二人の部屋になったんだもんね」

医者っていうのは頭がいいというが、本当なのか？　いや、凡人にはついていけないほど頭がいいのか？

「なあ、この部屋はどこに座ればいいんだ？」

この人は何を言ってるんだろう。この花柄の座布団の上だよ。

「青が男の子の座布団に決まってるでしょう？」

「どこからどこまでが青なんだ？」

真弓が指をさした。サングラスなんてかけてるせいだ。そんな色の濃いサングラスをかけると危ないのに。

「目が痛い」

「片方でしか見えないから、疲れるんだね」

「違う！　馬鹿か！　全部色柄モノじゃないか！　こんなアロハシャツみたいな部屋でどうやって寝るんだ！」

アロハシャツ？　マリメッコだよ？　花だよ？

「なんてこと言うの？　変なサングラスかけてるから見えないんだよ！」

「これは『トップガン』でかけてたものだって言ってたぜ!?」

「馬鹿じゃないの!?　戦闘機に乗る機会なんてないじゃない！　パイロット男！」

確かに戦闘機に乗ることはないが、このお花畑で俺は死ぬのか？

「悪かったから、部屋を元に戻してくれないか？」

「ごめん、もう全部捨てたんだ」

圭吾はうなだれた。

74　夕食

衣食住。住は整ったから、次は食だ。やっぱり美味しいものを食べないと辛いもんね。男の子は手料理に弱いって昔から言うし、これからが腕の見せ所かな。そんなことしなくても十分私の声に惹かれてるのはわかるけど、新しい一面に惚れられるって言うのも悪くないもんね。

「ちょっと晩御飯の買い物に出掛けてくるね」

「あんた、作れるのか？」

うなずく真弓を見て、部屋を一瞥した。この女、どこまで信用していいんだ？　衣食住が整っているのは重要だ。俺の住は破壊された。次はまさか……。

「何作るんだ？」

「グリーンサラダ。ピザ派は栄養状態が良くないから」

サラダなら心配いらないだろう。余計なことを言ってはならない。

「確かにピザに乗っている野菜は少ない。それに人工的なエンシュアの香料にも飽きてたとこだ」

真弓は顔いっぱいの笑顔を見せ、家を飛び出した。圭吾はタバコに火を付け、神仏に祈った。

「ただいま！」

野菜がレジ袋からはみ出ている。ネギ？　グリーンサラダに？　まさかな、味噌汁だ。久しぶりだな、味噌汁は。ゆっくり美味い味噌汁を食う暇なんてずいぶんなかった。二人暮らしか。悪くないのかもしれない。

包丁がトントンと鳴る音と、クリーントーンのラヴィンユーが響く部屋。圭吾は照れた。俺にもこんな時間が訪れることがあるなんて思わなかった。神も仏もいるのかもしれないな。残された時間は、穏やかなんだろう。

圭吾がぼんやりとしていると、真弓が現れた。

「ゴーヤって食べれる？」

マリメッコの定番柄のエプロンを着けた真弓の姿に見惚れた。人生で結婚なんて考えたことはなかった。

この姉ちゃんの姿を見たら、結婚ってものを考えたかもしれない。もし生きられるのなら、こんな人生が続くように生きていきたかった。これから死ぬって人間の体まで気遣って、手料理を作る女か。出会えてよかった。

「できたよ！」

圭吾の前に緑色の液体が入ったグラスが置かれた。

「何だこれ？」

真弓の目が輝く。

「だから何なんだよ。青汁じゃないか。サラダはどこだ？　味噌汁は？」

ため息が返ってきた。

「味噌汁なんて作ってないよ。今日はグリーンサラダをミキサー食にしたの！」

「俺は刻んでくれてたらそれなりに食えるんだよ」

真弓の目が曇った。善意を無下にしてはいけない。

「悪かった。飲むよ。気持ちも一緒にな」

優しすぎただけだ。そんな女の方が少ないだろう。そんな女の優しさだ。圭吾はサラダと名乗る青汁を口に入れた。

「塩っぱい！　苦い！　痛い！」

「どうしたの」

圭吾はキッチンへ走り、何杯も水を飲んだ。真弓が背中をさする。

「痛み止め、持ってこようか？」

「効く薬があったら持ってきてくれ！」

涙目で心から訴える圭吾を初めて見た。入れすぎたかな？　塩っぱいのはドレッシングのせいだよね。苦いのは、感動しすぎて涙が出たのか。痛いって何？

「ゴーヤ入れたよな？」

「うん」

「ネギは？」

「長ネギとタマネギ」

ネギは二段盛りか。あんた、殺意があるよな？　これが結婚だとしたら、結婚は人生の墓場だって表現は間違いだ。拷問だ。何で俺の祈りは神仏に通じないんだよ。エプロンも部屋と同化して見える。首だけ浮いてるみたいだ。この女、俺の最後の時間を破壊しに来たのか？　ピザを食わせてくれ。

この人、栄養バランスがいい食事には慣れてないだろうし、手料理なんて食べてないだろうから、お母さんでも思い出してるのかな？　パパだって亡くなる前に、毎日喜んでくれたもんね。パパにはミキサーにかけなかったけど、このサラダが大好きで、食べるといつも泣いてた。パパ、短い付き合いになるのは分かってるけど、恋人ができました。パパと同じで、このサラダで泣いてくれる人です。こんな人だけど、純粋な人だよ。

圭吾は何度もうがいをし、水を飲み、絶望した。初日がこれかと。

75　解雇

週が明け、真弓が麻酔科の医局員共用ＰＣで電子カルテを開いて手術の予定を確認していると、教授室の扉が開いた。

「倉木先生、ちょっと来て」

入り口からひょっこりと太った体をのぞかせ、ぶっきらぼうないつもの表情で麻酔科の女教授が現れた。手で招かれている。

「はい、すぐ行きます」

どうしたんだろう。私みたいな下っ端に教授が直接用事なんてあるはずないのに。

教授は応接用の椅子に座り、対面の椅子に真弓を促した。席に座るなり、普段通りの威勢の良い口調で話し始めた。

「あんた、クビ」


え？

「あんたの話、聞いてるわよ」

「私の話ですか？」

「恋人が末期癌だってことよ。それで言いたいことがあったの」

誰が話したんだろう。誰ということはないか。麻酔科はこの先生のおかげで風通しがいい。情報共有のついでに余計な情報も共有されたんだろう。

「落ち着いたらもっと静かな病院を紹介してあげるから、そこで働きなさい。気持ちの整理がつくまで、あんたは仕事をしちゃダメ。また連絡してきなさい。直接会いに来ていいから」

そんな特別扱いをしてもらっていいのだろうか。パパの友達だったからとかそんなのじゃ、他の医局員に申し訳がないよ。やっぱりパパの力なのかな？

「先生、父のお友達だったんですか？」

「ええ、私と飲むとトイレから出てこなかったわね。意気地がない男だったわ」

さすが大学屈指の酒豪だ。

「だから、こんな計らいを？」

「違うわよ。医局員を大事にして何が悪いの？」

あの人と一緒にいたい。でも、あの人がいた場所に一人で残るのは悲しすぎるかもしれない。

「ありがとうございます。いつまで出勤したらいいのでしょうか？」

「明日、荷物まとめて出て行って。引き継ぎだけはしてもらうから。挨拶は今日済ませたからいいわ。それから……」

何だろう?

「神谷圭吾さんのペインコントロールは私がやるから、任せて」

教授がペインコントロールをしてくれるの?　先生、優し過ぎます。

「ありがとうございます!　よろしくお願いします!」

強引な先生だけど、本当にありがとうございます。残りの時間を大切にします。そしてその後も私が引きずられずに生きられるようにしてくださったんですね。北里先生をまた頼りにすると思うけど、頑張って生きていきます。

76　報告

「真弓、准教授ってのは忙しいんだ。院内のPHSで飲みに誘うなよ」

今日の北里先生はいつもより機嫌がいい。普段は私の隣に座っているあの人を隣に座らせている。

「で、どうしたんだよ」

もちろん呼んだ理由はある。

「進行状況をお伝えに来ました！　一進しました！　一昨日から神谷先生の家で暮らしてます」

北里はポテトを落とした。

「何だって？　同棲か！　お前さんも過激だな」

過激って、何もしてないよ……。

「ただ一緒に暮らしてるだけです！」

「それで、何て呼び合ってるんだ？」

こんな軽い人だとは思わなかった。ゴシップ誌だ。ただ、名前は呼んでないな。

「これといって呼び方はないです」

あ、先生が笑い始めた。何か言うつもりだ。

「お前さんは圭吾と呼べ。いいな？」

「はい。そうなりますよね」

北里は圭吾の肩に手を回した。

「お前さんはどっちがいい？　まゆまゆ、まーゆの二択だ」

おい、ポテ里。揚げるぞ。何なんだ、あんたのセンスは。やたら現代的じゃないか。

「もう少し現実的なのにしてくださいよ」

「真弓って呼べるか？」

圭吾はため息をついた。

「努力しますよ」

照れくさいながらに仲睦まじい二人を見て北里は上機嫌だ。しかし、徐々に表情が曇った。

「北里さん、どうしたんですか？」

「酔った」

「まだビール二杯目でしょう？」

「そう言うことにさせてくれ」

責任を感じているのか。北里さんのせいじゃないのに。術後のメタだ。仕方ないじゃないか。さすがに死ぬのは怖いが、それについては俺だって諦めてる。

「圭吾、幸せそうだな」

真弓がいるだけに照れくさいが、正直に答えよう。

「はい。北里さんとこの姉ちゃんのおかげです」

北里の表情が変わり、真顔になった。

「癌患者には時間があるからな。伝えたいことを全て伝えるんだ。いいな？」

沈黙した圭吾の顔を北里が覗き込んだ。

「どうした？」

これだけは伝えないと。

「北里さん、その髪型は流行らないですよ」

どう言うことだ？

「お前さんの伝えたいことはそれか？」

圭吾が真剣にうなずくと、北里に首を絞められた。

「色々あるだろうよ。真弓に愛してますとか、俺に真弓を幸せにしますとかよぉ」

「ジミ・ヘンドリックスに近付けた気がしました。北里さんのおかげです。そして……。北里さんの治療に落ち度もないと思っていますし、俺は恨みも持ってません。でもその顔、何でそんなに罪悪感が絡みついてるんですか！　いつまでもそんな顔だったら、俺が悲しいんですよ！　あんたに泣いてる顔なんて似合わない！　オペの鬼なんですから！」

赤い目をした圭吾に北里は呆然とした。

「分かった。俺の心の中はバレてたんだな。ありがとう、圭吾」

北里は必死で真顔を保った。

77　贈り物

レッドハウスからの帰り道、二人は星空の下を並んで歩いた。圭吾がタバコに火をつけるのを真弓は睨んだが、止めるようなことはしない。満足して残りの時間を過ごす方が大切だ。

圭吾って、呼んでいいんだよね。あんな圭吾を初めてみた。北里先生はわざと明るく振る舞ってたんだな。気付いてあげられなかった。いつも助けてもらってばかりだ。私は圭吾を助けてあげられるかな。

「ねえ、圭吾。話があるんだ」

早速名前で呼ばれた上に意味深だな。

「私、クビになったんだ。だから明日からずっと一緒にいるよ。ペインの診察は教授に引き継いでるから」

「クビ？　教授？」

話が見えない。

「うちの教授、義理人情に厚い人なんだ。恋人のあなたが末期癌だって知ったら、あなたといられるように私をクビにして、ペインの診察を引き受けてくれたの。すごい人でしょ？」

歯科もかなりすごい科だとは思っていたが、他の科も大胆だな。もっともウチは悪い意味で大胆だったが。

「そんな偉い人の診察を受けるのか。緊張するな。ただ、あんたら麻酔科はすごいな」

「どうしたの？」

圭吾は煙を吐き出した。そして真弓に向けて精一杯優しい笑顔を浮かべた。

「痛くないんだ。ありがとう」

北里先生の言葉が聞いたのかな。笑顔でありがとうなんて言う人だっけ。

圭吾は静かにチェーンスモークを続けた。横顔に表情はない。

「怖いよね」

「死ぬことは決まっているからな。怖くはあるが、諦めなければならないという思いもある。いくらか相殺される。一番怖いことは死じゃないんだ」

死ぬより怖いことなんてあるの？　痛み？　麻薬の副作用？

「あんたは多分、俺に情が移るよな？　だが俺は死ぬ。残された方はたまらない。俺に情が移ることが怖いんだ」

そんなこと心配しないで。あなたは今から死ぬんだよ？　私なんてどうでもいいんだから。

「感傷を押し付けていいか？」

「何？」

「俺が死んだら、ファズフェイスも一緒に埋めてくれ」

そんなこと言ったら、死ぬのが近いって実感しちゃうじゃない。嫌だよ。そんな話より、楽しい話にしようよ。悲しいよ。

「私、思い出が欲しい」

真弓が泣きじゃくっている。思い出か。この姉ちゃんに似合うもの。クリーントーンの姉ちゃん。

「なあ。ポールリードスミスのギター、受け取ってくれないか？」

「いらない！　弾いてくれる人がいなくなるんだよ！　悲しくなるだけの贈り物だよ！」

「俺が死んだら好きにしてくれ。ギターボーカルになるのもいいし、ギターが弾ける男ができたらくれてやっていい。あいつの音色で、あんたが俺を思い出してくれるのなら俺はいくらか救われる」

ギターボーカル？　なるよ！　あなたのギターで歌う！　人になんて触らせないよ。あなたのクリーントーンで、私は一生歌うよ。

「分かった。大事に使うね」

「ありがとう。ただ、立ち止まるのはたまにでいい」

二人は夜空を見上げた。悲しい夜空だが、死んだ後にも真弓が一瞬でも自分を思い出してくれるかもしれないと思うと、いくらか安堵できた。

78　旅行

部屋に戻った二人はベッドに並んで座った。マリメッコのインテリアが滑稽で、陰鬱な気分にそぐわない。

「圭吾、キスとかしないの？」

俺はあんたに触れるのが怖い。あんたは怖くないのか？　いなくなる男だぜ？

「ああ。俺の口腔内の一部は壊死してるからひどく臭う。百年の恋も冷める」

何で睨むんだよ。

「嘘だよね？　自分が私を好きになるのも怖いんだよね？」

子供でも分かるってことか。言い逃れできないな。

「歌ってくれよ。思い出は歌だけにしたい。あんたといると楽しいが、その分だけ怖くなるんだ」

真弓の目から涙が溢れた。ありがたいが、扱いに困る。

「歌い手としては最高の褒め言葉だよ？　でも女としては悲しい。思い出はたくさん欲しいよ」

思い出。俺はそれを抱えたら抱えただけ、死神に囚われるんだ。

「例えばどうしたらいい？」

真弓はうつむいたままだ。

「どこか行きたい」

「海か？　山か？」

首を左右に振られた。

「寒い」

じゃあどこなんだよ。

「旅行したい。だめ？」

「分かった。旅行に行こう。飲んでる薬の制約があるから国内になるが」

真弓の顔色が変わった。向日葵みたいに明るい。この女、本当に泣いてたのか？

「この季節はまだ寒いから北海道はやめとこうか。美味しいらしいけど、食形態に制約もあるから難しいよね。金沢、兼六園。ちょっと新婚旅行っぽくないなあ。沖縄は、さすがにリゾートって気分にもなれないかな？　でもプライベートビーチで二人っていうのも悪くないよね。ディズニーランド！　麻薬飲んでて入れるのかなぁ。ＵＳＪ！　ここも麻薬がネックよね。国内だから大丈夫か。京都！　舞妓姿の私と散歩！　神戸と横浜の中華街！　チャイナドレスは着れないかな。ねえ、何がしたい？」

だいたい候補は出てるじゃないか。絶対に泣いてなかったよな。神戸、横浜か。

「俺は歩けるうちに綺麗な場所を歩きたいって程度だ。長崎の中華街は興味ないのか？」

「え！　長崎にも中華街があるの？　中華街ならどこでも興味あるよ！　中華好きだもん。中華といえば点心とか!?　中華街の名店ってやつには行っておきたいよね！　どうしたの？　行きたい？」

だから歩きたいって言ってるだろ？　食えないんだよ。

「長崎は修学旅行で行ったんだ。綺麗な街だった。少し小さくて風情があった。もう一度歩いてみたいな」

真弓は圭吾の薬袋を開け、残りの薬の数を数え始めた。

「いけるね！　明日から行こう！」

　行き方も知らないんだが、大丈夫なのか？　真弓に問いかけようとしたが、押し入れからスーツケースを引っ張り出している最中だった。きっと大丈夫なのだろう。最近はインターネットもあるし、駅には看板とみどりの窓口がある。

79　旅行初日

　さあ、朝だ！　今日から旅行だよ！　今から家を出れば、本屋さんでガイドブックを買っても夜には長崎だね！

「あんた、どこに行くんだ？」

　忘れたの？　女としては悲しいよ！　さあ思い出して！

「何だ？　その格好」

　薄手のダウン！　セーター！　ストレッチの入ったパンツ！　そしてランニングシューズ！

「近代的な旅人だな」

　私たちは今から旅人なんだよ！　私よりあなたに問題がある！

　旅行にブーツは向いてないいんじゃないかな。革ジャンも寒いよ？　サングラスは仕方ないけど、それ殺し屋だよ？　旅は機能性が重要なんだよ。例えばこのダウン！　折り畳めばポケットに入るんだよ！　そして足元はこれ！　歩いても疲れないんだ！

「圭吾、本当にその服装で行くの？」

「ああ。馴染んだ服だからな。それよりそのでかいリュックどうした？　何が入ってるんだよ。旅人はエベレストに登るのか？」

真弓はうつむいた。圭吾が怪訝な顔をして覗き込んだが、そっぽを向かれた。

「何が入ってるんだ？」

「聴診器、血圧計、サチュレーションモニター、体温計、秒針のついた時計、ペンライト。これ以上は持ってこれないんだ」

「その斜めがけしてる、リンゴのポーチは何が入ってるんだ？　ポケットティッシュか？」

「オプソ」

頓服の麻薬だ（頓服：薬の飲み方で、朝昼夕食後・就寝前などのように定期的に服薬するものではなく、症状に応じて必要時に服薬することをいう）。圭吾は顔を背け、黙った。そして真っ直ぐに真弓を見つめた。

「悪かったよ。心から謝る。ありがとう」

「うん」

本当は頭でも撫でる場面なんだよ。そんなあなたの写真を一枚撮ってあげよう。

真弓は首から下げたカメラを手にとった。一枚撮れたけど、多分この写真サングラスしか写ってないだろうな。片目だけレンズ抜こうか。戦闘機に乗るわけでもないんだし。

80　電車

駅に着いたのはいいが、何でこの姉ちゃんはみどりの窓口の写真を撮ってるんだ？　鉄道オタクでもないよな。あの人たちは電車の写真を撮る。切符を買ってこよう。

今度は時計の写真か？　かなり地味な時計だが、何か伝統あるものなのだろうか。それとも九時半という時間にこだわりがあるのか？　電車は十五分後に出るんだが、大丈夫なんだろうか。

「電車、出るぜ？」

手を振るよりこっちに来てくれないだろうか。何であらぬ方向の写真を撮っているんだ？　中途半端な曇り空に哀愁を感じているんだろうな。あと十分だ。

残り五分のところで二人は電車に乗った。

「危なかったね。乗り遅れるところだった」

「本来は少しも危なくなかったんだが、変な趣味が多いようだな」

真弓はそそくさと席へと行ってしまった。圭吾は追いかけ、通路側に座った。

「この旅行で見たものは、全部写真にしようと思ってるんだ」

なるほど。短い付き合いだったから思い出も少ない。せめて旅行で思い出をたくさんってところか。それにしてもたくさん撮れるのは分かるが、どれだけ撮るんだ？

「なあ。ビデオの方が良かったんじゃないか？」

真弓の顔が曇った。おそらく本人もそうだと気付いたに違いない。医者って俺より頭いいはずなのになぜだ？　しかしそんなことを言ってる場合じゃない。なんとかしないといけない。

「いや、やっぱり写真だ。写真には趣きがあるからな」

顔色が明るくなった。そして撮影が再開された。

ビデオは趣きがないよ。やっぱり写真を撮って、プリントして、アルバムに挟まないと。

圭吾の写真、二十枚くらい撮ったけど、この人サングラスかけてるせいで表情が変わらないんだよな。そうだ！　ポーズ！　ピースしてもらおう！　親指を立てて拳を握ればトップガンだよ！　帰ったら配れるじゃない！

「圭吾！　ピースして！」

え？

思わずしてしまった。何年ぶりだよ恥ずかしい。

「今のポーズは撮ったのか？」

真弓が親指を立てて拳を握っている。

「何だ？　そのポーズ」

「圭吾もやって！」

「こうか？」

あ！

なんて写真撮ってんだよ！

「いい写真が撮れたよ！　帰ったら楽しみだね！　パイロット・デンティスト！　トップガン歯医者！」

この姉ちゃん、馬鹿にしてるな。レイバンだぜ？　男の憧れだ。トム・クルーズに謝れよ！

二人は笑顔で睨み合った。

そんな真弓は十五分後には眠りこけた。圭吾はカメラを奪い、真弓が最も間抜けな顔をした瞬間を撮影し始めた。

やった！　よだれ垂らした！　撮影だ！　今日からあんたは点滴三十路だ。それにしてもダウンにシミが付いているのはいかがなものなんだろうか。一応撮影しておくが、不憫だ。それにしても三十二にしてこれまで彼氏ができなかったのも納得だな。精神年齢十二歳くらいなんじゃないか？

真弓が目を覚ますと圭吾がカメラを構えていた。真弓はそれを見て微笑んだ。

「恋人の寝顔を撮るって、結構可愛いことするね」

良かった。ベクトルがズレた女で。帰ったら見てろ。ただ一緒に歩く上で気になるのは、ダウンのシミだけは拭いて欲しいということか。なんにせよ喜んでいるようだし、話を合わせておこう。

「悪かった。あまりにも魅力的だったからな」

「今日は素直だね。どうだった？　恋人の顔は」

ここは正直に答えようか。

「確かにあんたは派手な美人じゃないが、清楚でいいんじゃないか？」

「伝えたいことだね！　北里先生に感謝だ！」

本当に子供みたいな姉さん女房だ。そんなところは、本当は悪くないと思ってる。あんたといると明るくなれるよ。北里さんがあんたを手放さないのも納得だ。

圭吾は小さく笑ったが、すぐに笑顔が消えた。しばらく表情が暗い圭吾に真弓が問いかけた。

「オプソ？」

「ああ、飲んでいいか？」

真弓はリンゴのポーチからオプソを取り出し、ペットボトルの水と一緒に圭吾に渡した。

「悪かった。心配かけたな」

「なれてるから大丈夫だよ」

二人は互いにどこか優しいということに和んだ。

81　長崎駅

午後七時に真弓と二人、電車を降りた。やけに人が少ない。終点だから長崎なんだとは思うが、思ったより寂れている。真弓を見ると行き交う人たちの写真を撮っている。肖像権とかその辺りは大丈夫なのだろうか。

長崎駅という看板を見つけると、真弓は連写している。今俺が手元に持っているガイドブックにも載っている写真だ。撮らなくてもここにある。夜景とか中華街とか、そういうものを撮らないか？

「なあ、俺たちはどこに行くんだ？」

「まずはホテルに行って荷物を置くよ！　あとのコースはホテルで！」

長崎に詳しいのか？　俺たちはホテルがある繁華街方面へ向かうために路面電車に乗った。

何の下調べもせずに来てしまった。ガイドブックは真弓が買うと言っていたが、俺はまだ中を見ていない。中華街とグラバー園？　くらいしか聞いたことがないけれど、大丈夫なんだろうか。隣にいる真弓は自信あり気だが。今も真剣な顔で吊り革を握りしめている。そんなに揺れる電車でもない。

俺たちはホテルにチェックインし、荷物を置くことにした。まず部屋に入り、真弓がリュックをベッドに置いた。明らかに聞いていた荷物以上の重さのものが入っている。

「北里さんでも入れてきたのか？」

「違うよ。ガイドブック」

中を開けると本の山だった。九州・山口ガイドブックというかなり守備範囲の広いものも混じっている。そして長崎の寺社仏閣という本に至ってはまったく興味がわかない。どちらかというとキリストの文化を勉強するところだろう？　こいつもポテ里と似たようなセンスなのか？　親娘だもんな。それはそれとして、まずは本を読まなければならない。

俺たちは右も左も分からない。

「海辺のテラスでご飯が食べれるレストランがあるらしいよ。ここにしようよ」

「出島ワーフ。鎖国がどうとかいうやつか」

「ピザが美味しいらしいよ」

「行こう」

俺たちはまた電車に乗ってレストランへ向かった。車内でこのリンゴのポーチが笑われないか不安ではあったが、これは愛情だ。俺がこんな状況でなければ、頭を撫でるなり抱きしめるなりすべきなんだろう。伝えたいことか。

「なあ、そのリンゴのポーチ」

「またからかうつもりだ！」

「違うよ。ありがとう」

「どうしたの？」

俺は笑ったつもりだったが、サングラスのせいで表情が分からなかったらしい。不思議そうにこっちを眺めていたが、満面の笑みを見せてくれた。俺にもちゃんと笑顔が作れたら、この姉ちゃんはもう少し救われるんだろうか。できるだけ笑ってやりたい。笑顔だと気づいてくれれば嬉しい限りだ。

レストランに着いた俺たちはビールを注文し、ピザを選んだ。

「ピザは今日だけだよ。長崎まで来て食べるものじゃないんだから。中華料理、ちゃんぽん、カステラ。魚は食べにくいよね。でも美味しいバッテラがテイクアウトできるお店があるんだ。買って帰ろうかな」

いつの間に調べたんだよ、食いもんばかり。まあ、これだけ浮かれてくれるなら来た甲斐がある。これも言葉にしないといけないのか？　北里さんのためだと思って伝えるか。

「喜んでいる顔が見れて良かった」

「どうしたの？　麻薬効きすぎた？」

「いや、思ったことを言っただけだ」

真弓がオプソを取り出そうとしているので制した。麻酔科医が麻薬を盛るな。そのうちプロポフォールとか持ち出すんじゃないか？　この姉ちゃん。案外危ないな。

プロポフォール持ってきたら良かったな。この人は歯科だからドルミカム（歯科領域で使用する鎮静剤）もいいかもね。とにかく眠らせて、ほっぺたくらい触らせてもらえないかな。やっぱり恋人に触れられないなんて寂しいよ。

こうして観光初日が終わった。

82　ホテル

恋人同士なのにやっぱりツインなんだな。家でも普段圭吾は床で寝るし。確かに自分が美女だとは言わないけど、清楚でいいんでしょ？　もう少しそばにいたいとか、手を握りたいとか言ってくれないかな。何でツインの部屋でベッドに座って向かい合ってるの？

「ねえ、ガイドブック見てないでこっち来てよ」

「どうした？」

ひらめいた！　この手があった！

「その本一緒に見ようよ」

「ああ、これか。そろそろ終わるから見ていいぜ」

あ、投げられた。

「この本見ない？」

「九州・山口は守備範囲が広すぎると思うんだ。ドライブコースとも書いてある」

確かに車がない。

「じゃあこれ！」

「長崎の名画百選って、絵を見てどうするんだよ」

近くに来てよ!!

何でこの人は私のベッドに来ないの！　女の子だよ！　一緒の部屋だよ！　旅先だよ！

「バカ！」

なんだ？　絵は見た方がいいのか。確かに旅行に来て歴史を学ばずに帰るっていうのも無粋だからな。伝統を学ぶ。高尚な人生の最後だ。

83　就寝

「ねえ、本当に旅先で二人なのに手も繋がないの？」

圭吾がそっぽを向いた。

「キスしようよ」

寝たふりだ。

「おやすみ」

すまない。怖いんだ。あんたといるだけで、死ぬのが怖くなるんだ。どうしたらいい？　死ぬんだぜ？　あんたにすがりついても死ぬんだ。あんたから引き剥がされながら死んでいくなんて、想像するだけで絶望するじゃないか。伝えたら楽になるのかもしれないが、墓の下までもってくよ。これは伝えたいことじゃない。俺らしい俺の姿だけあんたに見せることが、あんたを幸せにすることだと思ってる。

84　オランダ坂

けたたましい目覚まし時計の音がなった。圭吾が止めると午前七時だった。何だこの殺人的な目覚ましは！　それに七時なんてどこも開いてないだろう！　そんなことより何でこの姉ちゃんは寝てられるんだよ。寝相は悪いし、口開けてるし。カメラだ！　撮影だ！

「おはよー！　今日はオランダ坂を上ってグラバー園と大浦天主堂だよ！　洋風だよ！　西洋のものに弱いんでしょ？」

　結局九時起床か。あの爆音は俺を早死にさせるために用意したのか？

「さあ、出かけるよー！　路面電車に乗ろう！」

　たどり着いたのはいいが、ずいぶんな坂だな。オランダ坂。この上にグラバー園と大浦天主堂があるそうだが、それは一体何なんだろうか。今朝の俺は長崎の名画百選が意外と良かったから他のガイドブックは何も読めなかった。真弓は万全に予習してるようだが。

　オランダ坂の道の両側には土産物屋が並んでいるんだな。だけどこの土産物屋、平凡だしどこの観光地にでもあるものじゃないか。ネーム入りキーホルダーを売っているレベルの店さえある。修学旅行客を食い物にしているんじゃないだろうか。だけどなあ、教えてくれよ。何であんたは食い物にされてるんだよ。

土産物屋だー！　何が売ってるのかな？　カステラだ！　色んな会社があるんだな。北里先生に食べ比べしてもらおう！

「すみませーん！　一個ずつ全種類ください！」

あ！　びわのソフトクリーム！　ソフトクリームがびわなんて素敵！　びわはいいよね！　美味しいよね！

「びわのソフトクリームください！」

すごい姉ちゃんだ。三十二歳の子供だ。お小遣いもらいたての小児だ。

「真弓、そんなに土産物屋が珍しいか？」

なぜかじっと見つめられた。

「どうした？」

何だ？　顔が緩んでる。びわソフトはそんなに美味いのか？

「名前で呼んでくれた！　圭吾が真弓っていった！　恋人だね！　これが恋人だよ！」

馬鹿にしてるんだろうか。

「そんなに嬉しいのか？」

「みぞれのかき氷を食べてたらびわソフトになったくらい嬉しいよ」

よく分からない例えだ。俺はびわソフトを食べていない。基準を教えてくれ。

「もう一回呼んで。そういうこともしないと、北里先生に怒られるよ」

そういうものなのか？

「真弓、びわソフトは美味いのか？」

びわソフトが差し出された。

「甘いよ。とろけるよ。食べた方がいいよ」

一口食べたが、確かにびわだ。

「圭吾、あっちのお店でキーホルダー作ろうね」

キーホルダー！　真弓！　それは買う意味のない土産だ！　いつ使うんだ！

「なあ。圭吾&真弓のキーホルダーは百歩譲って理解できる」

「譲るっていう意味は分からないけど、それでどうしたの？」

「この北里単独のキーホルダーをあの人はどうやって使うんだ？」

「車のキーとか家の鍵だよ。キーホルダーは鍵のホルダーだよ？」

この親娘のセンスは大丈夫なのか。ズレてるよな？　俺が普通だよな？

85　大浦天主堂

「天主堂って具体的にはなんだ？」

「よく分からないけど教会らしいよ？」

大量のカステラが入った袋を両手に提げ、二人は大浦天主堂の前に立っていた。

「普通、土産って帰りに買わないか？」

「これだけ人がいるんだよ？　売り切れちゃうよ」

それだけ買って誰が食べるんだよ。そしてこれだけ店があって、どうやったら売り切れるんだ？　医者が頭良いって話は本当か？　いや、俺みたいな格下には考えが及ばない域にいるってことか。

「入ってみようよ」

教会の中はステンドグラスにより色鮮やかに輝いていた。そして隣で真弓の顔も輝いている。

「来てよかったね。異国情緒だよ。旅行だね」

素敵！　教会なんて友達の結婚式のチャペル以外で来たことないよ。私も結婚式、してみたかったな。圭吾は結婚してくれないよね。結婚してって言ったらなんて言うかな。冗談が返ってくるといいけど、きっと悲しい顔をするんだろうな。

教会か。神仏には祈るタチだが、実際に来たのは初めてだ。ここに神様がいるのか？　いるなら一つ叶えてくれないか？　この女が笑って人生を送れるようにしてほしい。俺の寿命はずいぶん短かったんだ。せめてその分、真弓を幸せにしてやってくれ。俺を忘れて欲しいなんていうと寂しいが、俺の死を引きずるような生き方はさせないでやってくれ。

ここはキリスト教だよな？　アーメン。

86　グラバー園

「庭園だね！　お花だね！　洋館が立ってるよ！　景色もいい！」

確かに綺麗な庭園だし花は咲いてる。洋館も立ってるな。見晴らしのいい高台にある。ただ、あんた、三十二だよな。そこまで喜ぶほどの観光地じゃないだろう？　結構最近リフォームされてそうな作りだが。そして何でそんなに子供みたいなんだ？　北里さんに甘やかされすぎたのか？　あの人、あんたには甘いもんな。まあ、気持ちは分かるよ。人を明るくできる、いい姉ちゃんんだ。三十路がアイドルをやれる理由も分かる気がするよ。

「圭吾！　ドレス着れるらしいよ！　着てくる！」

「なあ、どうしてそこまではしゃげるんだ？」

「だって旅行なんて学会くらいでしか行ってないんだよ？　プライベートでの旅行は久しぶりなんだもん」

プライベートの旅行か。俺も修学旅行くらいだよ。だから、十年前に長崎にきて、また長崎か。綺麗な街だった記憶はあるし、実際綺麗な街なんだが観光に集中できないんだよな。理由ははっきりしているんだが。

「ドレス、着てこいよ！　思い出は多い方がいい」

真弓は建物の中に入っていった。

圭吾が敷地内禁煙にイラつきながら待っていると、レトロな黄色いドレスを着た真弓が出てきた。

「どう？」

絵に描いたような浮かれた観光客だ。ただここで笑ったら負けだ。紳士的に振る舞って損することはないはずだからな。

「よく似合ってる。綺麗だ」

綺麗って言われた！　すごいよ北里先生！　もうポテ里なんて呼べないよ！

「綺麗なんて言われたの初めてだよ」

真弓の顔が緩んでいる。嘘か本当かはさておき、人を喜ばせるのは悪い気分じゃない。特に正直な声で喜んでくれた時は。もう少し、褒める頻度を増やしていこうか。

87　新地中華街

「夜になってきたね！　長崎の夜は綺麗だよ！」

「来たことないよな？」

楽しんだもんの勝ちか。もしかするとあんたみたいに生きてると、明るく人生を過ごせるのかもしれないな。俺は無駄に捻くれてたのかもしれない。もっと早くあんたに出会えてたら良かった。これも伝えた方がいいのか？　さすがに恥ずかしくて言えないな。

「なあ、俺が食えるものは制限がある。何か夕食に中華街で食えそうなものはないか？」

「ちょっと待ってね」

真弓は一冊のガイドブックを開いた。長崎グルメ百選。何で俺たちの街にそんな本が置いてあったんだ？　どこで見つけた？

「ハトシ！　これだ！　パンにすり身を挟んで揚げてるんだって。絶対ビールに合うよ」

本当は色々食べたいだろうに、合わせてくれてるんだな。優しい女だ。

「あとは点心！　柔らかいから大丈夫！　京華園ってお店だね！　有名らしいから行ってみよう！」

二人で夜の中華街を歩いた。赤い建物が両脇に並ぶ少し狭い道には、点心を蒸す香りが漂っている。確かにこの一角も異国だ。目当ての店はすぐに見つかった。長崎の中華街は思いの外せまく、分かりやすかった。

「乾杯！　今日で旅行も終わりだね！　でも大丈夫！　明日も明後日も私はそばにいるからね！」

そんなこと言わないでくれ。その先のいつかの日に、俺はいなくなる。未来の話は、今はやめてくれ。俺の未来は近いうちに途切れるんだ。

「愛する人と旅行して、四六時中一緒にいられるこの幸せ。噛み締めるんだよ」

そんな時間が永遠に続けばどれだけ幸せかって、俺の方が強く思ってる。あんたとの時間は結構幸せなんだ。この幸せに慣れれば慣れるほど、失うことが怖くなるって分かってくれよ。

「どうしたの？　浮かない顔して。ハトシが口に合わなかった」

「いや、うまい」

「何か悪いこと言った？」

答えていいのだろうか。食事中に話すべきことじゃない。

「恋人に隠し事はダメだよ？」

「なあ」

「何でも聞くよ？」

「死にたくない」

真弓の表情が曇った。あんたがそんな顔してどうする。

「悪かった。俺に残された時間がわずかだってことくらい分かってる」

「その時間、ずっと幸せにするから安心してよ」

真弓、涙が流れてる笑顔は余計辛いよ。

88　夜景

　圭吾が急に喋らなくなった。優しい言葉も逆効果だろう。気を紛らわすためには、綺麗なものだ。私の笑顔が特効薬なのは分かっているけど、旅先ならではの薬をプレゼントしよう。

「圭吾、夜景は見なくていいの？　綺麗な景色で気分を変えようよ」

「そうだな。あんたに、真弓に気を遣わせてばかりいるのも悪い」

「私はいいのに」

　二人はタクシーに乗り、稲佐山展望台という夜景のスポットに向かった。平日のせいか展望台は空いていて、景色がよく見えた。

「光る街っていうのがあるんだな。俺たちが住んでる田舎とはずいぶん違う」

「綺麗だね。あなたの速弾きを優しくした感じ。いつも音の粒をばら撒くでしょ？　あれ、ガラスの破片みたいなんだ。でもそれが宝石だったらこんな感じだよ。そろそろ丸くなって、優しい大人なギタリストになるのはどう？」

「俺は最後まで変わらずに死にたい」

　顔が引きつっている。あの顔がしたいのか。真弓がアヒルの口をした。

「だからそれやめてくれ。見ていて涙が出そうになるほどみっともない」

普段のあなたの顔なのに。

89　最終夜

真弓が黙ってしまった。言葉を探しているんだろう。余計な心配をさせてしまったか。ただ、自分の中だけには収まらない気持ちがある。今夜はそれを外に出してしまった。真弓が優しすぎたせいだ。おそらく人間は、弱っているときに優しくされたらされただけ弱くなる。俺が置かれている状況と合わせると、怯えて当然だ。真弓に触れたい。すがりつきたい。

土産の整理をしながら鼻歌を歌い始めたが、この女は普段は鼻歌なんて歌わない。歌詞を覚えている曲を明るい顔をして口ずさむ。その真顔の鼻歌は、嘘をついてるって言っているようなもんだ。

「なあ、その大量のカステラはどうやって持って帰るんだ？　送ればよかったじゃないか」

真弓の動きと鼻歌が止まった。良かった。思考が切り替わったらしい。送れば良かったと後悔し始めたはずだ。

「お土産は手で持って帰ることに意義があるんだよ」

俺は腹の底から笑った。最高だ。優しい子供だ。

「どうしたの？」

「あんた、本当にいい女だ」

やっぱり私って魅力的なんだね。仕方ないなぁ。隠そうとしても隠せないものなんだよ。今日のあなたは素直で良い。辛いことも、嬉しいことも、楽しいことも全部言うんだよ。

90　涙

真弓はいい女だ。おそらくあいつと暮らせば、明るい人生が待ってる。ただひとときでも一緒にいられた俺は、それなりに幸せだった。そう思おう。今は、納得させるしかないんだ。納得させるしか……。

「女より先に入って悪いが、シャワー浴びてくる」

一人になれた。畜生、何でだ。せめて好きな女と一緒に生きるくらいの幸せがあっても良かったんじゃないか？　やっと出会えたんだよ。北里さんのせいでもない。誰のせいでもない。クソな遺伝子。馬鹿野郎。殺すつもりだったんなら、殺すつもりだったんならもっと別の生き方をした。刹那的に生きた。我慢もしなかった。それを耐えて耐えて耐え抜いて、やっと出会えたのが北里さんと真弓なんだ。せめて三人で笑いながら金曜を過ごして……。クソッタレ！

圭吾は嗚咽しながら、シャワーの音でそれを誤魔化した。

「圭吾……」

真弓？

「泣いてるの、聞こえてるよ」

どうしたらいい？

「すぐに上がってきて」

部屋に戻ると、真弓に笑いかけられた。涙が溢れた。

「圭吾、できるだけ近くにきて」

真弓が座っているベッドの隣に座ると、真弓は静かにラヴィンユーを歌い始めた。

天国まで響きそうなクリーントーン。頼む、死ぬ時はそばで歌っていてくれ。俺はその記憶を耳に焼き付けて死ぬ。心がどんどん穏やかになっていくんだ。きっと今より辛くなっている頃には、麻薬よりよく効くはずだ。

91　帰路

圭吾が物憂げな顔で電車の窓の外を眺めている。曇り空が気になるんだろうか。とりあえず写真を一枚撮影！

「とってほしくないときくらい見たら分かるだろ？」

「そんな顔も悪くないいんだよ」

何を考えてるかなんて大体分かる。この旅行から帰るってことは、一歩お別れに近づく。そんな風に思っちゃうよね。でも大丈夫。お姉さんはそんな圭吾くんを元気にするアイテムを持っているのだよ！

「圭吾、これあげる」

真弓は立方体の小箱を圭吾に差し出した。

「福砂屋のカステラが二切れ入ってるんだ！　半分こしよ！　福砂屋のざらめは美味しいんだよ！」

お！　圭吾が笑った！　やっぱり甘味の力は強いね！　疲れた時はまず血糖値を上げないと。食べ物はピザだけじゃないいんだよ、ギターピッツァくん！

「本当だ、うまいな」

さあ、明るくなったところで聞いてみよう。その前に一枚撮影。

「どうしたのかな？」

「察してくれよ」

「気持ちは察することはできても、どれだけ怖いかや心が痛いかまでは分からないよ。だから言葉にして。できることはするし、何ならここで歌ってあげてもいいんだよ？」

サングラスでよく見えないけど、私を見てるよね。

「あんたはいい女だと思うよ。真弓がいなければ、こんなに明るく今を過ごしていない。これでも明るいんだ。多分人生で一番恵まれてるんじゃないかと思う。惜しいのは、時間制限があることくらいだ」

時間制限……。分かった！

「圭吾、やってないことがあるよ！　結婚！　結婚生活してみよう！　今回の旅行は新婚旅行だよ！」

「籍を入れるとあんた面倒だぜ？」

「そんなのいらないから、結婚生活するの！」

「何か変わるのか？」

今は同棲中になるんだよね。同棲っていうと少しふしだらな印象があるなぁ。

「聞こえが良くなる！　とにかく北里先生に相談しておくね！」

結婚だよ！　新婚だ！　素敵！　奥さんになっちゃったよ！　一枚撮影。

92　プロポーズ

気がつけば結婚してしまった。よく分からないが、勢いだけはある女だな。ただ、また憂鬱が吹き飛んだ。それにしても午後八時っていうのはそんなに珍しいのか？　何枚写真を撮ってるんだ。長崎では夢中で遊んであまり写真を撮ってなかったようだが。

「なあ、長崎の写真はあるのか？」

真弓の動きが止まってしまった。ないんだな。何しに持っていったんだ？

「帰ろうぜ」

「嫌」

どうしたんだよ。こんな田舎の何もない駅で立ってたって仕方ないだろう。なんで立ち尽くしているんだ？

「どうした？」

「結婚するにあたって大事なことを忘れてるよ？」

「俺からするのか？　あんたから言い出したじゃないか？」

「だってやったことないもん」

当たり前だ。お互い初婚だ。だがこういうものは男からなんだろう。さて、何て言えばいい？　味噌汁系か？　真弓の味噌汁ほど恐ろしいものはないもんな。手料理系はやめておこう。真弓の料理は嫌だ。それじゃあ愛してるの類か。愛してるっていう単語は俺らしくないから却下だ。そういえば左薬指のサイズを教えてくれっていうのも聞いたことがある。だが……。

結婚指輪なんて身勝手に残せるかよ。本当は決まってるんだ。

「短い間だが、俺のそばで歌っていてくれ」

真弓は優しく笑ってこたえた。

「はい」

これで今日から夫婦になるのか。なあ真弓、人並みに生きられたらどれだけ幸せだったんだろうか。だけど最高の残りの時間だ。

93 新婚初夜

「ふつつかものですがよろしくお願いします」

真弓が三つ指をついている。だいぶふつつかなのは知っているが、こんなことをされたら全て許容したくなる。たとえこの三つ指がマリメッコのラグの上につかれていても。

「お茶を淹れますね」

奥さんだよ！　こういうの言ってみたかったよ！　盛り上がってきたね！

なんか妻っぽいこと言ってるな。俺みたいな人間と結婚して生活できるってことは、とにかく結婚に焦ってたということか？　末期癌患者と結婚する女なんて聞いたことがない。

「お腹減ったよね？　何か作るね！」

料理！　どうしたらいい！

「疲れてるだろ？　無理しなくていい」

何だ？　優しい笑顔だな。

「夫の食事くらい作らせてくださいよ」

やめてくれ！　何か食べ物はないか？


あ！


「なあ、このカステラどうするんだ？」

マリメッコの上には色とりどりの紙袋が置いてある。

「全部北里先生の分ですよ」

これだ！

「福砂屋のカステラを食べて以降、世界観が変わった。ピザ派からカステラ派に転向したんだ。カステラを食べさせて欲しいんだが、いいか？」

さあ、どう出る？

「それじゃあやっぱりお茶ですね。ちょっと待っててください」

旅行先が長崎で良かった。

「圭吾」

どうした？

「バレてるよ」

真弓が小さく吹き出した。つられて圭吾も笑った。さっき結婚したところだからこう言っていいのか分からないが、結婚して良かった。

「真弓」

「何？」

「奥さんって何て呼ぶんだ？」

呼び方とか考えてくれるんだ！　珍しい！　やっぱり愛なのかな！　愛だよね！　盛り上がってきたね！

「ハニー？」

いきなりハードルが高いな。洋風か。確かに俺は洋風に弱い。だが真弓は純血のジャパニーズだ。

呼んでくれるのかな？　ハニーだよ？　スイートだよ？　新婚生活は甘いね！

「もう少しマイルドなのないか？」

マイルドか。ハニーはさすがにとろけすぎだよね。じゃあ……。

「ダーリン」

……。

「いい加減にしろ！　普通和風だろう！　確かに俺は洋風が好きだ！　だがこれはあんたをキャサリンと呼べと言われているようなもんだ。あんた俺をダニーと呼べと言われると呼べないだろ？」

「ダニー、何を言ってるの？」

「やめてくれ、助けてくれ」

真弓が笑い始めた。涙目だ。

「圭吾、意外と可愛いね」

これが新婚初夜か。焦ったが、悪いもんじゃない。

94　結婚式

「お前さんたち、新婚旅行に行くって話を何で俺に言ってなかったんだ？」

カステラに埋もれた先生が立腹している。だって先生に言ったらついてくるじゃないですか！　せっかくの出島ワーフでポテトですか？　あんな場所では……、結局ピザでしたけど二人でいいんです。それに清楚なんて言われたんですよ。私そんな褒められ方したことなかったことにされたんですよ！　先生の顔なんて見てる場合じゃありません。それに先生が来たら、圭吾も私の名前なんて呼んでくれる訳ないじゃないですか。びわソフトクリームよりとろけました。そろそろポテ里除籍です！

「プロポーズも終わったわけだし、いよいよ式だな」

ポテトジジイ、俺は死ぬんだぜ？　俺の隣でウエディングドレスなんて着たら、一生消えないトラウマになる。分かって言ってんのか？　そういえばあんた独身だよな？　ここら辺の機微の分からなさがあんたを独り身にさせてるんだよ。どちらかというと二回目のデートで婚約指輪を持っていくタイプだろうからな。いや、付き合い始める前に持っていくか。あんたの場合。

「先生！　さすが年の功ですね！」

何だ？　いいのか？　この話は進むのか？　だから真弓、落ち着け。下手したら準備期間中に死ぬんだ。悲しむのはあんただ。俺も話題に入れてくれ。

ドレスだね。ネイルもするのかな。髪の毛がボブだ。伸ばしてたら良かったな。予定外だったもんな。衣装を選びにいかないとね。どんなドレスがあるのかな？　肩が出てる純白のドレスがいいな。マーメイド型？　とにかく全部着よう。

「圭吾！　衣装とか合わせに行こうね！　式の場所は……」

「ちょっと話を聞け！」

北里が割って入った。

「細かい話は後だ！　場所は俺が見繕う。まずこの街には少人数で挙式できる会場は三箇所しかない。海、山、草原の三種類だ。俺としては海を勧めたい。夕暮れ時に鐘が鳴り二人が口づけするなんてドラマを現場で見れることなんてそうそうない。ただそれは甘い！　最近では二人きりの結婚式というのが盛んだ。沖縄あたりまで行くと、エメラルドグリーンの海を背景に永遠の愛を誓い合える。もし希望があるなら水中結婚式というのを検討してもいい。これはダイビングをしながらの結婚式だ。もっともドレスを着れないという点では真弓の満足度が……」

だから話を聞いてくれ！

95　ドレス

「圭吾！　このドレスかわいいよ！　背中が開いてるんだ！　ちょっと大人っぽすぎかな？」

さっきのも開いてたじゃないか。違いが分からない。大人っぽいといえば大人っぽいが、あんた子供だろ？　ママごとにしか見えない。

「背中が開きすぎだな。最初のやつが良かった」

何着目か分からないからな。適当に言うなら最初が一番だ。これが女の楽しみなのか。

今で四分の一か。耐えろ。ルカによる福音書を唱えよう。内容はよく分からないが、神に何か誓うなら、その前に拝んでおけば何かしら助けてくれるだろう。

背中が開いたドレスは好みじゃないんだね。私の肌を人に見せたくないなんて、可愛いこと言うなぁ。年下彼氏の素敵なところかな。ヤキモチか。妬かれるってこんな気分なんだね。愛だね。恋だね。ときめくよ。大丈夫、できるだけ露出の少ないドレスを選ぶから心配しないで。お姉さんを信じなさい。

「こっちはさっきより背中が見える範囲が狭いけどどう？」

だから背中が開いてるのは候補から外しただろ？　それだけでも試着するドレスの数が一気に減るのに、あんたの鼓膜はドラムで破れてるのか？　ただ、刺激するとどうなるか考えると恐ろしい。怒るのならいい。下手したらこの女、泣く。

「俺は背中が開いているのは好みじゃない。肩が少し出ている程度のものが好きだ」

俺の隣のマネキンが着ている。気付け！　いくらあんたでも目に入るだろ！　これだ！

これを選べ！

「そのマネキンのドレス、可愛いね」

それだ！

「きっと真弓に似合う」

真弓は顔いっぱいに笑った。そして店員に話しかけた。

「こういうの、全部持ってきてください」

これで良いじゃないか？　何で結婚式前に俺はキリストに見放されるんだ？

96　ネイル

新婦といえばネイルだね。今は病院勤務じゃないから爪を伸ばして良いんだけど、付け爪にしよう。一生の宝物になるもんね。ネイルサロンなんて縁がなかったから緊張するな。でも大人のたしなみだ。選びに行こう！

爪まで俺も付き合うのか？　ドレスが白なら白でいいんじゃないか？　何だよ、ネイルアートって。ずいぶんゴテゴテしてるな。

「圭吾！　どっちがいいかな!?」

早速サンプルを片手に真弓が現れた。何だこれ？　花が咲いてる。

「マリメッコみたいで可愛いよね」

ここで反論したら負けだ。あと一時間はかかる。いいじゃないか、花が好きなら。ただ、この付け爪って一生残るんだよな？

「真珠が付いてる方が結婚っぽいんじゃないか？」

「そうだね！　ブライダルにはパールだよ！」

結局二時間後、薄いピンクに真珠のパーツが散りばめられたサンプルが出来上がった。

確かにあんたは花が好きかもしれないが、清楚な女に真珠っていうのも悪くないと思う。

「きっと真弓に似合う。良かったな」

真弓は思った。圭吾が勧めてくれたんだ。一生大事にできるよ。

97　式場

圭吾の体調を考えると沖縄は不安だ。水中結婚式は浮いてこなかったら笑えない。やはり近場か。

耳鼻科の医局にある医局員共用電子カルテの前で北里は鬼の形相を浮かべていた。

「難症例か？」

「北里先生があんなに真剣なんだ。無茶なオペでも振られたんだろう」

医局員がざわめいている。

近場。海、山、草原。まずは実際に見てみないことには始まらねえな。今日はオペ日じゃない。帰ろう。

北里は草原のチャペルに車を走らせた。

この鐘の下で二人が口づけするって訳だな。いいじゃねえか。しかしチャペルが少し古いな。そして、やはり三月っていうのは良くない。草木の色が青々としてない。ここは五月に結婚式を挙げる場所だ。来てよかった。一任されている俺がまやかしのパンフレットだけを当てにして落胆させちゃ、耳鼻科の名が廃るってもんだ。

今度は北里は山へ足を伸ばした。

ずいぶん道が細いな。ここで何かあったら救急車が到着するまで時間がかかるだろう。医師としてこんなリスクを抱えた状態での挙式を許可することはできない。しかしいいチャペルだ。中がさっきとは違って新しいみたいだ。惜しい。ただプロデューサーの俺としては手は抜けない。最後にかけるしかない。

一度給油して海辺のチャペルにたどり着いた。もう夕暮れ時だ。

水平線に沈む夕陽。鳴り響く鐘の音。ここで二人は口づけをする。見てる方が恥ずかしいドラマだ。あの文化は何なんだろうか。しかしそんなことはどうでもいい。チャペルだ。夕陽がステンドグラスを照らしている。いくらか崇高にうつる。永遠の愛を誓うならここだ。

「次の大安はいつですか？　予約したいんですけど」

北里は式場を押さえて自宅へと急いだ。レッドハウスで報告しなければならない。

98　会議

「チャペルは押さえてきた」

何だって？

今更結婚式に異論はないが、計画を立てるのに俺がどうにも参加できていない気がする。タキシードは勝手に決まるし、結局ドレスも決まっていた。マネキンが着ていたものだったから希望は通ったとは言えるが。そして、いつなんだろう。

「来週の金曜日だ」

今日が月曜日だ。衣装とかは間に合うのか？　もちろん結婚式なんてしたことがないが、そんな風に何となく行って挙げれるものなのか？　ちょっと真弓、教えてくれよ。

圭吾が隣を見ると、上の空の真弓がいた。やっぱりパパの友達だ。頼れるな。結婚式か。花嫁さんになるんだね。パパにも見せたかったよ。純白のドレスに決めてきたよ。圭吾が選んでくれたんだ。爪も圭吾が選んでくれたんだよ。意外と優しい人なの……。分かってるよ。今だけだって。でも、あの音を聴いたらもうこの人しかいないって思ったんだ。だから、私はポールリードスミスを抱いて生きるね。これだって永遠に人を愛するってことだよ。私が今パパに話しかけてるのと同じ。悲しい顔するなっていうかもしれないけど、北里先生が笑わせてくれるよ。大丈夫だよ。

「あんたはいいのか？　本当にこんなことをして」

「さっきパパと話してたの。ポールリードスミスから永遠にあなたの声が聞こえるから大丈夫だよ」

北里はため息をついた。

「湿った話をしてんじゃねえ。そんな暇あるなら笑っていた方がいいだろうよ」

そうだな。ありがとう、北里さん。そして真弓。ポールリードスミスが俺の声か。俺が死んでも、あんたに届くと嬉しいよ。

99　挙式

あっという間に金曜日となり、結婚式当日を迎えた。

式が始まり、圭吾はポールリードスミスのケースを片手に聖壇の前で真弓を待っていた。北里には事前に言ってある。自分にとって指輪はギターであることと、彼女に触れるのは怖いということを。北里は了承した。何も言わず。

神父もギターケースを抱えた新郎を見ることなんて滅多にないだろうな。そしてこの式場、結構広いが本当に三人でいいんだろうか。北里さんの勢いっていうのは計り知れないな。

その時、パイプオルガンの音が鳴り、真弓と北里がチャペルに入ってきた。しかし、何やら後ろから獰猛な獣の声がする。例えるならオットセイの鳴き声だ。オウオウと慟哭している。何を連れてきたんだ？

真弓は北里にエスコートされ、バージンロードを踏みしめながら歩いた。北里先生！隣で吠えるのはやめてください！　どうしたんですか！　泣きすぎです!!

圭吾も途中で北里の泣き声だと気付いた。あんた、プレゼントを自分で壊してどうするんだ？　台無しじゃないか。パイプオルガンの音に泣き声が混じって気になって仕方ない。

「真弓ー！」

先生！　私別に遠方に嫁ぐ訳じゃないんですよ！　今夜もレッドハウスにいますよ！ちょっと、式に集中させてください！　せっかく愛を誓いに来たのに！

讃美歌が始まったが、やはり慟哭する獣がうるさい。邪魔しに来てるよな？　俺だってそれなりに、気持ちを伝えに来たんだ。あんた主役じゃないか。聖書の声まで聞こえない。多分神のご加護もないと思うぜ？

そして誓約の時が来た。

「俺は、神谷圭吾は、倉木真弓に永遠の愛を誓います。命がもうすぐ燃え尽きるのは分かってる。でもたとえ、天国からでも地獄からでも真弓を愛し続ける。北里さんには、伝えたいことは伝えろって言われた。だからここで言う。あんたが好きだ」

どうしたの？　じゃあ私も言っていいんだね。言うよ！　ちゃんと聞いてね！

「私、倉木真弓は、神谷圭吾に永遠の愛を誓います。あなたがいなくなっても、ポールリードスミスを抱えて。音色であなたを思い出して、歌声の中にあなたの影を感じて生きます。悲しいと思われるかもしれないけど、それが私の幸せです。圭吾が好きです」

指輪の交換はない。

「俺の代わりだ。受け取ってくれ」

圭吾はポールリードスミスのケースを手渡した。

「私が死ぬまで、これをあなただと思って抱いているからね」

真弓の目から涙が溢れた。

二人は結婚証明書にサインをし、北里が震える手で代理人の欄にサインをした。

そして二人は退場しようとしたが、圭吾が立ち止まった。

「北里さん。何見送ろうとしてるんですか。三人で行きましょうよ」

「お前さんたちの結婚式だぜ？」

「俺は相棒を置いていきたくない」

真弓を見るとうなずいていた。

「先生、私もお父さんを置いていきたくないです！」

北里は顔をぐしゃぐしゃにして俺たちの肩に手を回した。今夜はレッドハウスでパーティーだ。

100　フォクシーレディ

その夜、私たちはレッドハウスに集まった。

「北里先生、撮るときは言ってくださいね」

「真弓、恩師にカメラを持たせるのか？」

「レッドハウスは私たちの大切な場所ですよ。次は先生の写真も撮りますから」

圭吾は二十種類以上の真弓の笑顔に付き合って写真を撮られている。死にかけのパンダ。

圭吾は自嘲していた。すると次は北里がやってきて、肩に手を回された。さっきまでポテトを食べていた男だ。革ジャンは大丈夫なのだろうか。

「圭吾、次は三人だな」

浮かれた二人だ。いや、俺のために陽気に振る舞ってくれているのか。笑顔の一つでも見せたいが、口も突っ張る。うまく笑えないのは元々だが、できるだけ笑おう。

真弓がマスターを呼びに立ちあがろうとすると、後ろから真弓のカメラが奪い取られた。

「北里先生、俺が撮ります」

「佐藤か。お前も入れよ、耳鼻科のロッキー」

「変なあだ名つけてないで、三人で笑ってください」

数枚の写真が撮られ、真弓にカメラが返された。

「神谷先生、ライトハンド見せてもらえませんか？」

圭吾と北里は目を見合わせた。

一丁前に格好の付け方を覚えてきたじゃないか。圭吾、ライトハンドを真弓によく見せてやれよ。お前みたいにごく自然にあれを使うアマチュアはそういないぜ？

「圭吾、何か弾きたい曲はあるか？」

「俺の音を、この姉ちゃんの耳に残したくない」

圭吾が真弓を見ると、切実に首を横に振った。

「聴かせて。今週だけじゃない。レッドハウスは毎日開いてるんだよ？　来年だって」

「来年に俺はいないさ」

何でこの人はこんなことを言うの？　わかってるよ。わかってるけど、想像したくないじゃない。せめてあなたの音くらいこの耳に残したいじゃない。

真弓の目から涙が溢れた。また泣かせてしまった。分かったよ。弾いてやる。ただ俺が死んだら、俺が弾いた曲はＣＤで聴くなよ。悲しくなるだけだ。

「フォクシーレディあたりどうですか？」

真弓の顔色が変わった。枯れかかった花に水をやったように、輝き始めた。わかりやすい女だと言うことは知っているが、俺は騙されているんじゃないだろうか。手玉に取られている気がする。

「いいな。力一杯叩ける。行こうか」

ステージに向かう圭吾の背中を見て、できればこのステージの上で最期の時間を迎えられたらと真弓は願った。来年には、圭吾はいない。真弓は最前列に行き、圭吾にカメラを向けた。するとまたカメラが奪い取られた。

「写真は僕が撮ります。倉木先生は、神谷先生の格好いいところを見ていてください」

全部私のためか。圭吾が人生を懸けたギター、聴かせてね。

マスターが珍しく圭吾に声を懸けた。

「先生、好きに弾いてください。合わせますよ」

「圭吾！　今夜はお前が顔だ！　来週は俺が顔になって、再来週はマスターだがな。そしてまた次が……」

不器用な人だ。

「分かりましたって。ぶっ倒れるまで弾きに来ますから、早くカウントくださいよ」

北里がスティックで四拍のカウントを取った。

北里は力一杯ドラムを叩いた。圭吾を相手にするにはパワーがいる。あの暴れるようなひずみを野放しにさせないためには、ドラムとしての務めを果たすには力と魂が必要だ。今日の圭吾は相変わらずマーシャルから毒を吐き出している。端々に挟むライトハンドには遊び心やあいつなりの感謝の気持ちがあるのかもしれないが、音はいつも通り狂気じみている。

　今日の北里さんは気合いが入っているな。首輪をかけられそうな気分だ。だが、リードギターっていうのはどうしても暴れたくなる。だから好きにやらせてもらうよ。俺は片目がないらしい。ずいぶん不自由しないもんだな、ギターを弾くには。ギターは感覚で覚えてる。姉ちゃんも安心したか？　俺は普段の俺だ。

　しかし真弓は涙を流し、嗚咽していた。圭吾はギターのボリュームを絞り、ステージに投げ捨て駆け寄った。

「おい！　どうした？」

「嫌だよ！　ずっとここで弾いててよ！」

　俺だって、弾いていたいさ。あんたがそばにいれば、明るく生きられるんじゃないかと思ってる。生きたい。何て人生なんだよ。

　真弓が真っ赤な目で圭吾を見つめた。

「キスして」

「俺の口腔内は壊死している場所がある。ひどい匂いだ」

「どこかに触れて」

「あんたに触れた記憶を抱いて、朦朧とした意識の中で死んでいくのが怖い」

　結局自分が怖がってるんじゃない！　残された方の気持ちだってあるんだよ？　思い出

をたくさん残して、やりたいことをやってもらって送り出した方が私たちは救われるのに。何で分からないの？

「今、何がしたい？」

「ギターが弾きたい。ジミ・ヘンドリックスに近づける唯一の時間だ。見ててくれるか？」

「うん」

北里が四拍のカウントをとり、曲が再開した。同じ音か？　ずいぶん悲しげじゃないか。そして、音をばら撒くいつものソロと違うな。ずいぶんチョーキングを多用して音を伸ばしている。チョーキングとは弦を持ち上げて半音から一音、音程を上げる奏法だ。

圭吾は曲が最高潮に達したところで二弦のチョーキングをして、二音持ち上げた。そして二音半に達したところで弦が切れた。ブチンという音が響き、客席が凍った。圭吾が北里に手を振り合図をすると、北里も曲を止めた。みっともない終わり方だったが、弦が切れた音を聴いた真弓だけは放心していた。この人の命は、やっぱりどこかで途切れてしまうんだ。弦はわざと切ったの？　その音、永遠に耳から離れないよ。

101　心停止

レッドハウスの扉の前まで北里先生が私たちを見送りに来るなんて初めてだ。よほど今日のセッションがよかったんだろう。私の耳には二弦が切れた音の余韻が残っている。いや、あの音は心に刻まれた。

「圭吾、明日も来いよ。土曜くらい飲んでないとやってられない」

先生も分かってるみたいだ。圭吾のタイムリミットがあと僅かだって。やたらとレッドハウスにいるし、決まって午後五時に私に電話をかけてくる。きっと圭吾に直接かけるのが怖いんだ。心配しなくても、何かあった時には真っ先に私が先生に電話をかけるのに。

「毎晩飲んでたら肝硬変になりますよ」

こんなやりとりが先生はお気に入りのようだ。毎日笑顔で、「俺は野垂れ死にだー」なんて言ってる。でも先生、笑顔に悲しみの色が浮かんできてますよ。先生だけじゃないんです。二人で、向日葵みたいな笑顔で見届けてあげましょう。私たちが悲しむ姿は、圭吾が一番見たくないと思いますよ。

野垂れ死になんて、圭吾に軽はずみに使う言葉じゃなかったかもしれないな。俺は死から遠いからそんなことが言えるだけだ。今後は控えよう。死か。友達の死に直面するっていうのは倉木のとき以来か。よく時間とともに美化されて忘れていくなんて言うけど、倉木、お前のことも忘れていない。現に俺は真弓にすがっているからな。真弓にお前の影を感じてるんだ。だが、真弓は笑う。俺にとってあいつは救いなんだ。そんな救いがある死だったから、お前が消えたことは受け入れられたのかもしれない。圭吾はどうだ？　俺は一本のストラトキャスターを託された。俺はギターなんて弾けないんだぜ？　あいつに救いはないかもしれないが、俺にも救いがない別れだ。倉木、どうしたらいい？　真弓と二人で笑ってたら、いつか忘れられるのか？

真弓と圭吾は北里が店に戻ったのを確認して歩き始めた。

「あんた、そのリュックとリンゴのポーチなんだが、もう少しマシなヤツはないのか？」

「このリュック、横側のメッシュの中にペットボトルの水が入るんだよ？　それにリンゴのポーチ。素早くオプソが取り出せる優れものじゃない。機能美と造形美を兼ね備えた逸品なんだ」

話を聞いてるのか？　その造形美の方だよ。幼稚園児じゃないか。

二人は満月が浮かぶ夜空を見上げた。月明かりのおかげで圭吾の顔が見える。きっと圭吾にも私の顔が見えてるはずだ。

「伝えたいこと、ない？」

「例えば何だ？」

色気がない人だ。好きだって言えばいいのに。

「電車の中で私の寝顔を見て何ていった？」

圭吾は答えてくれた。これまでに聞いたことのないほどに優しい口調で。

「派手な美人じゃないが、清楚でいいんじゃないか？」

うん、雰囲気があるね。

「あと伝え忘れた。俺はその顔、好きだ」


え？

好きだって言った？　私のことだよね、圭吾……

そして圭吾が真弓の方に倒れてきて、唇が重なった

キスじゃないよね？　力がまったく入ってない……


圭吾は路上に倒れた。

「圭吾！　圭吾！　圭吾！」

真弓は圭吾を繰り返し叩いたが意識はなかった。呼吸は？　ない。胸部と腹部が動いてない。頸動脈も触れない。心肺停止。こんなところに人がいるはずもないし、早く救急車を呼んで人を呼ばないと。真弓は救急車を呼び、北里に電話をかけた。

「先生！　圭吾が心肺停止です！　来てください！　場所は……」

真弓が心臓マッサージをしていると、北里がやってきた。

「真弓！　お前が人工呼吸、俺が心臓マッサージだ！　疲れただろ！」


圭吾、圭吾……

救急車！　早くきてよ!!!


救急車が到着し、急いで降りてきた隊員に真弓は叫んだ。

「心肺停止です！　早くＡＥＤを！」

私は北里先生と一緒に救急車へ駆け上がった。圭吾は救急隊員にＡＥＤで除細動をかけられたが、心拍は戻らない。諦められるわけないじゃない！　北里先生も同じだった。

「酸素をやってくれ！　心マも続けてやってくれ！　心肺蘇生をやめないでくれ！」

北里先生も叫んでいる。私たち二人は、大学病院に着くまでまるで悲鳴のように圭吾の名前を呼び続けた。

救急車が大学病院に到着して圭吾が救急外来のベッドに乗せられたとき、北里先生は一転して冷静な准教授の顔になっていた。

「この患者は、神谷圭吾。私、耳鼻科の北里が主治医だ。ＤＮＡＲはとってある。心肺蘇生はいらない」

救急医は電子カルテで圭吾のＤＮＡＲを確認し、死亡確認をした。

死因は高カリウム血症による心停止だった（カリウムは心臓機能や筋肉機能の調整に大きく関わっており、血液中のカリウム値が一定以上になると心停止になる可能性がある）。

102　耳鼻科医局

北里は無言で耳鼻科の医局までの廊下を歩き、真弓は後を追った。

「来るな！　一人にさせてくれ！」

北里は准教授室に入り、椅子に座った。

俺は准教授で、結構偉いんだよな。執刀医も務めて、立派なもんだ。今回は、立場もわきまえず主治医になった。賞賛に値するよな。

「だから何だって言うんだ！」

友達が死んだ。俺の患者だ。全力を尽くしたのに救えなかった。畜生、やってられねぇ。

「先生、失礼します」

真弓が無理やり准教授室に入ってきた。

「先生だけじゃない。私もですよ。高カリウム血症でこんなに早く逝くなんて、早すぎるって思ってるのは」

「圭吾はちゃんとアーガメイトゼリー食ってたのか？（アーガメイトゼリーとはゼリー状の食べる内服薬で血液中のカリウム値を低下させる働きを持つ）」

「もちろんです。不味いって言いながら。私がしっかり見てたから、服薬コンプライアンスは良かったんです。タバコと酒はやめませんでしたが」

「先生……」

真弓が崩れ落ちた。天国からでも地獄からでも愛してくれるって言ったよね。ここで愛してよ。顔が見えないじゃない。声が聞こえないじゃない。私が好きって言ってくれたこと、なかったんだよ？　もっと言ってよ。名前だってもっと呼んで欲しかったよ。

「圭吾ー!!」

「真弓！　落ち着け！」

「先生知ってますよね！　私がこんなに人を好きになった姿なんて見たことないですよね？　普段は皮肉屋みたいにしてましたけど、素直で純粋で繊細な人だったんです！　優しかったんです！」

「俺だって悲しいんだ！　落ち着けよ！」

「嫌だ！　嫌だ！」

北里が振り払われたところで真弓は冷静さを取り戻した。

「すみません」

「いいんだ」

圭吾、真弓が泣いてるのはお前のせいじゃない。俺のせいにするなとお前は言うだろう。じゃあ誰のせいにしたらいいんだ？　俺には分からない。もう、ここにいるのはやめるよ。疲れた。

103　ファズフェイス

クリニックの院長室に三月の潮風が絶え間なく入ってくる。最近はジェルも付けていないな。センスがないとかぬかしてたか。ダンディズムの分からない男だ。おかげで院長室で髪が邪魔になって仕方ない。なあ、圭吾。俺は元気にやってるよ。

北里はデスクに置いてあるドラムのスティックを一瞥した。

こいつはしばらく使ってない。ここは大学病院からかなり離れてるからな。レッドハウスにもなかなかいけないんだ。何で三月になるとお前さんは生き返ったように振る舞うんだ？　迷惑な話だ。俺は穏やかに暮らしてるんだよ。

水平線に沈む夕陽をぼんやり眺めたが、心にはいくらかさざなみが立っていた。

「先生。倉木先生がいらっしゃいましたよ。」

受付から声が響いた。真弓か。

「入っていいぜ」

「よぉ、真弓、お前さんも律儀だな。大学を辞めた俺なんかのところに」

用件は分かってる。今日が命日だ。

「先生、レッドハウスに行きませんか？」

やっぱり。久しぶりに上品なジャズのドラマーをやってこよう。

「恋人はできないのか？」

「いますよ。十年付き合ってます」

圭吾の真似か。

「ポールリードスミスは女じゃなかったのか？」

「圭吾ですよ」

呆れた女だ。

「お前さんもう四十路だぜ？」

「いいんですよ。天国で圭吾が聴いてますから」

まったく、あいつと関わると馬鹿になるようだな。

「ところでよぉ、今日は何をやりたいんだ？」

真弓がアヒルの口になった。練習してきたのか？

「ジミ・ヘンドリックス」

自信ありそうだな、気持ち悪い笑顔しやがって。

「俺はなかなか厳しいんだぜ？」

「先生、エフェクター買ったんです」

クリーンを愛してた真弓が珍しいな。

「何を買ったんだ？」

「ファズフェイス」

104
ラブソング

真弓はレッドハウスの重い扉を開けた。右手にギターケースを、左手にエフェクターケースをぶら下げて。その間抜けな姿がカウンター席に座っている北里の目に入った。女らしくない姿だと思い、マスターに話しかけた。

「荷物、お願いしていいですか？」

「ステージの隅にでも置いておきますよ。エフェクターまで持ってきたんですね。うちにもそれなりにあるのに。どこかでこのやり取りしましたっけ？」

真弓は首を傾げた。

他に客はいない。真弓はジントニックを頼み、北里に挨拶をした。

「先生、久しぶりのオールバックですね。センスが疑われますよ」

「お前さん、似合わないこと言うなよ。無理しなくていい。俺たちは、自然にしてればいいんだ」

マスターがレッドハウスを流した。確かにいつかこんな夜があったかもしれない。二人はしばらく心地よく曲を聴いた。

「お前さんは最近どんなバンドで歌ってるんだ？」

「弾き語りです。ポールリードスミスは受けが悪いですね」

使用しているギタリストは多いはずだが、なぜだ？

「下手なギタリストほど、弾き語りならエレアコがいいよなんて言うんです」

「そいつのギターに火をつけたほうがいい」

北里は口の端を歪めた。

「先生も無理してますね。もう十年ですよ」

「ああ。倉木に圭吾。俺だけ生き延びた。寂しい限りだ」

マスターがアイスピックで氷を削る音だけが響く。


なあ、圭吾。こんな俺たちを見て喜ぶお前じゃないよな？

「真弓、大荷物は格好つけるために持ってきたのか？」

「先生に後でお腹いっぱいピザを食べさせてもらうためですよ」

自信がありそうだな。圭吾の相棒を舐めるなよ？

「何がやりたい？」

「パープルへイズあたりがわかりやすいでしょうね」

「ラブソングじゃなくていいのか？」

「最近覚えたラブソングです」

北里がマスターを呼び、三人はステージに昇った。真弓のエフェクターボードにファズフェイスとVOXのワウペダルが乗っている。圭吾の機材を盗んだのか？　それにしては新しそうだ。健気に自分で買ったのか。

バスドラムが二発。北里の準備が整った合図だ。マスターはベースのグリスを響かせた。真弓もマイクスタンドの前に立った。

北里先生、私にこのパートは務まりますか？

北里はスティックで四拍のカウントを取った。真弓のイントロリフが始まる。

真弓、いいひずみだ。ファズを使いこなせてるじゃないか。ずいぶん優しく、切実なひずみだな。もう一度会いたいのか。圭吾のギターで歌いたいのか。そんなことを十年も思ってるんだな。そんな音で弾いてると圭吾が泣くぜ？

北里先生、もっと力一杯叩いてよ。やっぱり子供だと思ってる。先生の優しいドラムは嫌だよ。私を圭吾みたいに押さえつけて。ファズをマーシャルに繋いでるんだよ？　先生！　シンバル叩いて！

　マスターが演奏をやめた。


「どうした？」

「北里先生。泣いてる二人を見てられないですよ」

真弓と北里は目を見合わせた。お互い目が赤い。

「なあ、真弓。俺たちじゃジミヘンはできないようだ」

「私じゃダメなんですか？」

北里はうなずいた。

「あいつがいないとダメなんだ」

練習したのに。圭吾の音だと思ってたのに。やっぱりストラトじゃないといけなかったんだね。店のストラトを借りよう。

真弓が伸ばした腕を、北里が握った。

「俺たちだけじゃダメなんだ」

真弓は泣いた。私が用意したラブソング、せっかく聴かせたかったのに。

そんな真弓を見て、北里は優しく声をかけた。

「お前さんにしか歌えないラブソングがあるだろう？　ラヴィンユーだ。あれを歌ってやれよ。お前さんが弾いて、歌うんだ」

真弓はセッティングを変え、椅子に座った。そしてクリーンのアルペジオを響かせた。透き通った声がギターに溶ける。北里は目を閉じて聴き入った。なあ、圭吾。この音ならお前さんにも届いてるはずだ。真弓からのラブソング、どう受け取ってる？　そっちだと口の端が歪められるんだろうが、照れくさそうに笑うお前さんの顔が目に浮かぶよ。いつか夢にでも出てきて、チャペルでのセリフを言ってやれ。あんたが好きだってな。

圭吾、届いてる？　毎晩あなたと一緒に過ごしてるんだよ？　この音に、この声にあなたを感じながら生きてる。もう一度言うね。あなたが好きです。

著者プロフィール

白瀬 隆（しらせ りゅう）

愛媛県立松山東高等学校卒業後、長崎大学歯学部に進学。

大学院は医学部大学院公衆衛生講座に在籍。

卒後、医学部大学病院の歯科口腔外科での勤務を経て翻訳事務所を設立。

WHOとの直接契約のもと、COVID-19関連の文書を多数翻訳。

その後大学病院で学んだ口腔粘膜疾患（ドライマウス・舌痛症・バーニングマウス症候群）の専門外来を担当。

キャンサーイート ～癌が喰う～

2025年2月15日　初版第1刷発行

著　者　白瀬 隆
発行者　瓜谷 綱延
発行所　株式会社文芸社
〒160-0022　東京都新宿区新宿1－10－1
電話　03-5369-3060（代表）
03-5369-2299（販売）

印　刷　株式会社文芸社
製本所　株式会社MOTOMURA

ISBN978-4-286-26119-5